SUPERHÉROES

SUPERMETOMENTODO

COPÉRNICA

La cocinera-científica de los superhéroes, que controla la base secreta.

Metomentodo Quesoso es el superhéroe conocido como Supermetomentodo. ¡Es el jefe de los superhéroes!

YO-YO

Joven y dinámica, puede hacerse inmensa o minúscula.

LADY BLUE

Heroína misteriosa, llega siempre cuando los superhéroes están en dificultades.

MAGNUM

Su supervoz destruye a todas las ratas de cloaca.

BANDA DE LOS FÉTIDOS

BLACKY BON BON

Jefe de la banda de los Fétidos. Es un déspota cruel y lleno de fobias.

MÁKULA BON BON

Es la mujer del Jefe. Es la que manda en la familia.

KATERINO

Es el contacto del Jefe con los roedores de Muskrat City.

FIEL BON BON

Joven hija del Jefe, obtiene venenos peligrosísimos de plantas e insectos.

UNO DOS TRES

Los tres guardaespaldas del Jefe son grandes y robustos, pero con poca sustancia en la cocorota.

Textos de Geronimo Stilton
Idea original de Elisabetta Dami
Diseño original del mundo de los superhéroes de Flavio Ferron y Giuseppe Facciotto
Ilustraciones de Giuseppe Facciotto (dibujo) y Daniele Verzini (coloración)
Cubierta de Giuseppe Facciotto y Daniele Verzini
Diseño gráfico de Michela Battaglin

Título original: *L'invasione dei Mostri Giganti*
© de la traducción: Manuel Manzano, 2010

Destino Infantil & Juvenil
infoinfantilyjuvenil@planeta.es
www.planetadelibrosinfantilyjuvenil.com
Editado por Editorial Planeta, S. A.

© 2009 - Edizioni Piemme S.p.A., Corso Como 15 – 20154 Milán – Italia
www.geronimostilton.com
© 2010 de la edición en lengua española: Editorial Planeta, S. A.
Avda. Diagonal, 662-664, 08034 Barcelona
Derechos internacionales © Atlantyca S.p.A, via Leopardi 8, 20123 Milán, Italia
foreignrights@atlantyca.it / www.atlantyca.com

Primera edición: junio de 2010
Cuarta impresión: diciembre de 2013
ISBN: 978-84-08-09392-3
Depósito legal: B. 43.727-2010
Fotocomposición: Víctor Igual, S. L.
Impresión y encuadernación: Egedsa
Impreso en España - Printed in Spain

El papel utilizado para la impresión de este libro es cien por cien libre de cloro y está calificado como **papel ecológico**.

Stilton es el nombre de un famoso queso inglés. Es una marca registrada de la Asociación de Fabricantes de Queso Stilton. Para más información www.stiltoncheese.com

Geronimo Stilton

LA INVASIÓN DE LOS MONSTRUOS GIGANTES

DESTINO

El sol de mediodía resplandece en **Muskrat City** y se refleja en las vidrieras del Palacio Quesoso, en el centro de la metrópolis. *Dentro, algunos roedores se han reunido alrededor de la mesa del comedor.*

Están todos: Brando Quesoso, aún jadeante por el reparto de las pizzas a domicilio; Trendy Quesoso, que acaba de llegar de la escuela; Copérnica, la fiel COCINERA, y también científica de la *familia*
Quesoso, inmersa en la cocina con una enorme sopera entre las manos.
Y naturalmente él, Metomentodo Quesoso,

recién llegado de Ratonia a bordo de la ESFERA supersónica que conecta su agencia de investigación en el Palacio Quesoso. Hoy es una ocasión especial. Estos roedores no son ciudadanos comunes de Muskrat City: son SUPERHÉROES y celebran el éxito de su última misión.

¡AQUÍ TENÉIS, MIS QUERIDOS SUPERHÉROES!

—dice Copérnica sirviéndole a cada uno de ellos un poco de menestra y una ración doble a Brando.

—¿Qué es? —pregunta Brando mientras mira el plato con recelo.

—Simple sopa de verduras, compradas frescas en el Market Plaza —lo calma ella.

Tranquilizado, Brando empuña la cuchara. Entonces Copérnica añade:

—¡Tan sólo le he puesto un poco de selenio y manganeso para darle sabor! En realidad, he cortado las zanahorias encima de un fragmento de METEORITO que estaba examinando, así que... ¡algo se habrá añadido a la cacerola!

—Bueno, de todos modos no está mal, aunque sigo prefiriendo la pizza...

—Hay que variar la dieta de vez en cuando —añade Copérnica con ternura—. ¡Un superhéroe tiene que alimentarse como es debido para enfrentarse mejor a los supercriminales!

—¡Muy cierto! ¡Hasta ahora hemos sido INSUPERABLES!

—exclama Metomentodo tomando la palabra.

—¡La cárcel de Muskatraz ha adaptado un nuevo sector para todos esos **super**CRIMINALES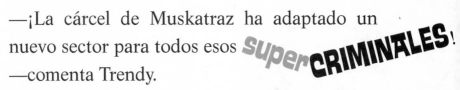! —comenta Trendy.

—¡Normal, con todos los que les hemos mandado en los últimos meses! —dice Brando alegre y eufórico.

—¡Nada es imposible para los superhéroes! —exclama Metomentodo.

—¡Hip hip, hurra! —gritan a coro Trendy y Brando.

Entonces, por un instante, el pensamiento de Metomentodo vuelve a Quesosardo Quesoso, fundador de la dinastía de los superhéroes Quesoso, que desde siempre defienden Muskrat City de todas las **incursiones** de las ratas del subsuelo. Su retrato señorea encima de la chimenea.

—¡Primito, no te distraigas! ¡Estamos de celebración! —TRINA Trendy, alegre.

—¡Bien dicho! ¡Un viva por nuestro equipo invencible!

Trendy brinda con su vaso de Rati-Cola. Después añade ceñuda:

—*¡Preferiría que esas ratas de cloaca no se dejaran ver más por las mañanas!* Ya no sé qué decir a los profesores. Cada vez que tenemos una emergencia, me escapo de clase con una excusa, corro a la **Base Secreta**, combato, y vuelvo a la escuela, ¡como si nada hubiera pasado!

—Es un buen problema, sí. Pero, desafortunadamente, Trendy —puntualiza Metomentodo—, el oficio de **SUPERHÉROES** requiere el máximo secreto. Si tus profesores descubrieran que tú eres Yo-Yo, también los criminales acabarían sabiéndolo e... ¡imagina qué problema si nuestros **ENEMIGOS** conocieran nuestra identidad!

—¡Pero antes o después sospecharán algo! También Brando tiene el mismo problema, ¿verdad, primito?

Brando está concentrado en el **POSTRE**, un gran pastel con el símbolo de los superhéroes:

—Ejem, claro, sí... mi jefe en Súper Pizza, el señor Peperoni, empieza a mosquearse por mis retrasos con las entregas. ¡No puedo decirle que, entre una pizza y otra, me voy por la ciudad a capturar bandas de ratas!

Precisamente por eso estoy preparando ALGO que os será muy útil...

—interviene Copérnica.

—¿De verdad? —exclama Metomentodo, siempre un entusiasta de las ideas de la cocinera—. ¡No veo el momento de

EXPERIMENTAR

tu nuevo *algo*!

—Aún tengo que terminarlo, y además es para los chicos. A ti no te serviría: ¡vives en Ratonia y tu identidad está bien protegida!

DESILUSIONADO, Metomentodo hunde el morro en la porción de pastel que le acaba de servir Copérnica.

—¿Podemos encender la televisión? —pregunta Brando, mirando impaciente al televisor.

—No querrás seguir la ceremonia, ¿verdad, primito? —dice Trendy levantando una ceja.

—Ejem... ya sabes... —contesta Brando sonrojándose.

Metomentodo y Copérnica lo miran con expresión interrogativa.

—¡Hoy en Stellar Boulevard se otorgan los Quesos de Oro! —explica Trendy.

—¿Los PREMIOS de las series televisivas? —comenta Metomentodo maravillado—. ¡¿Y desde cuándo te interesan tanto los telefilmes, primo?!

Brando, mientras tanto, trastea con el mando.

—Bueno, más que nada le interesa una actriz... —prosigue Trendy irónica.

—¿Y quién es? —pregunta Copérnica divertida.

Trendy señala el rostro que aparece en la pantalla.

—¡Ella!

Una joven roedora entona la canción de un anuncio.

—Cuando comer piz-za te apetece, pero salir te aborrece, en menos que canta un grillo te la llevamos a domicilio. ¡SÚ-PER-PIZ-ZA! ¡Entregas al vuelo!

La nueva estrella de la canción de Muskrat City, la genial Tilly Ratpretty, canta en el vídeo publicitario, mientras Brando la mira fascinado.

PERO ¡QUÉ CANCIONCITA MÁS TONTA!

—no puede evitar decir Trendy.

—¿Y lo dices tú, que escuchas el estruendo de ese Kacho Rock? —rebate Brando sin apartar los ojos de la diva de sus sueños.

—¡¡¡Ésos son artistas de verdad!!! —rebate

Trendy con la cara **enrojecida**. Metomentodo y Copérnica sonríen divertidos por la discusión.

Entonces la imagen de una pizza voladora y el texto «¡SÚPER PIZZA: ENTREGAS AL VUELO!» es sustituido por el torso de la famosa periodista Charlina Charlotona:

—*¡Súper Pizza presenta la emisión de los premios Queso de Oro! ¡Aquí Charlina Charlotona, en directo desde Stellar Boulevard, donde actores y directores se disponen a recorrer la alfombra roja del Muskrat Theatre, para la ceremonia de los premios!*

Trendy resopla aburrida y se levanta de la mesa.

—ME VOY A MI CUARTO.

—¡Y YO ME VUELVO AL LABORATORIO!

—añade Copérnica recogiendo la mesa a la velocidad de un rayo.

Brando se queda frente a la pantalla, mudo. Metomentodo ENCOGE los hombros y se acomoda en el sofá, al lado de su primo. En la televisión, la emisión continúa, enfatizada por los comentarios de la periodista:

—¡Ooh! ¡Están absolutamente todos! Veo a

Joanna Kidrat, la diva del cine, y al cantante de rock Aporreo Desatado. ¡Ahora llegan los protagonistas de la serie televisiva más vista por los muskratenses! El elenco entero de «Colas entrelazadas»: Larry Bel-

morro, Narcisa Van Vant, Pamela Paw, junto al productor Lukas Cheddarberg. Y ahí llega la joven promesa de la televisión, la actriz y cantante Tilly Ratpretty...

—Metomentodo... —susurra Brando—, el mes pasado la vi por fin en vivo. Grabó el spot justo en nuestra pizzería...

¡En aquel momento el reloj de pulsera de Me-

tomentodo, del que nunca se separa, proyecta en la pared la

«S» LUMINOSA,

señal de una superamenaza inminente!

Un instante después, la voz de Charlina Charlotona se transforma en un fuerte **chillido**, tan agudo que hace temblar la pantalla de la televisión.

TRRRRRRRRRRRRR.

—*¡Por diez mil directos desastrosos! ¡¿Qu-qué es eso?!*

Metomentodo y Brando observan pasmados la escena.

La **multitud** presente en Stellar Boulevard, periodistas, fotógrafos, cámaras, actores y fans, corren de un lado a otro como hormigas enloquecidas. En primer plano, la presentadora tiene los ojos **COMO PLATOS** y mira hacia arriba. Con voz estrangulada exclama:

—*¡Telerroedores y telerroedoras, está sucediendo algo terrorífico!*

La cámara **tambaleante** encuadra una gigantesca forma alada, suspendida sobre el tejado del teatro. La imagen es inicialmente poco clara, pero el operador consigue enfocarla en seguida.

Metomentodo salta del sofá, Brando cae de morros al suelo, a un palmo de la pantalla del televisor.

—¡Es una libélula gigante!

—gritan a coro.

El insecto, tan grande como un helicóptero, sobrevuela la calle mientras la voz de Charlotona se vuelve cada vez más aguda:

—¡Increíble! ¡Terrorífico! ¡¡¡Muskratenses, escapad!!! —grita por encima del ensordecedor estruendo producido por aquellas alas enormes—. ¡La ceremonia se ha interrumpido! Una amenazadora libélula gigante está destruyendo la ciudad. ¡Es un verdadero monstruo!

Entonces se vuelve hacia el cámara:

—¡Y tú, sigue grabando! El monstruo está atacando el coche de la POLICÍA. ¡Tenemos una exclusiva de bigotes! ¡¿Quién sabe de dónde habrá salido ese insecto gigante?!

—¡No hay tiempo para preguntas!

—exclama Metomentodo saltando del sofá—.
¡Llama a Trendy y reunámonos en la Base Secreta!

¡Los superhéroes entran en acción!

Mientras tanto, la gran avenida del cine está sumida en el caos: el actor Belmorro telefonea a su mánager para poner una demanda, sólo unas pocas cámaras retransmiten la entrada al teatro, intentando retomar la escena. El productor

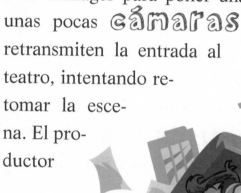

26

cinematográfico Cheddarberg **protesta**:

—¡Una libélula gigante! ¿Por qué no se me ha ocurrido antes a mí? ¡Es una escena realmente fantástica!

Por todo el Stellar Boulevard, coches patrulla volcados, helicópteros abatidos y centenares de objetos volando son absorbidos por el vórtice creado por el batir de las alas de la libélula gigante.

Con su fortísimo estruendo, la libélula hace añicos todos los escaparates.

¡BUZZZZZ!

El monstruo volador baja hasta rozar el suelo, destrozándolo todo a su paso.

Entonces, entre el destello de las sirenas de la policía, se entrevé al comisario Teopompo Muscuash, más preocupado de lo habitual.

—*¡Intentad mantenerla a raya! ¡No dejéis que se acerque a los roedores!* —grita a pesar del estruendo producido por el monstruo—. ¡Estoy seguro de que dentro de poco llegará quien puede salvar la situación!

Entonces, de repente, aparecen un rayo **AMARILLO**, uno **ROJO** y finalmente uno **ROSA**.

Son ellos.

Están llegando.

¡SON LOS SUPERHÉROES

Supermetomentodo llama a su prima:

—¡¡¡Yo-Yo!!!

—¡Suéltalo todo, primito... es decir, a tus órdenes, Supermetomentodo!

—¡Capta la atención de esa criatura!

—¿CÓMO?

—¡Vuélvete gigantesca!

—¡Pero cuanto más aumento de tamaño, más inmaterial y transparente me vuelvo!

—¡Mucho mejor!

29

Así, si ese insectazo te ataca no te hará daño. Aléjalo de aquí, nosotros somos demasiado pequeños para que nos vea.

—¡Una idea superratónica, Supermetomentodo! Le estás cogiendo gusto a ser un superhéroe, ¿eh?

Supermetomentodo le guiña el ojo a Yo-Yo y después se dirige a Magnum:

—¡Ánimo, Magnum! ¡Te necesito!

—Ejem, sí, ya llego... pero con todo este viento no consigo aterrizar el **scOOter**...

—No importa, cázame al vuelo. ¡Súbeme a bordo y sigamos a la libélula!

¡GLUPS! ¿SE-SEGUIRLA? PERO DE LEJOS, ¿VERDAD?

—¡No! Ve tras su estela. ¡Ponte justo detrás de su cola! Así no nos verá...

—¡Oh, por mil **Pizzas** margarita! —El primo sacude la cabeza resignado.

Yo-Yo, mientras tanto, ha aumentado su tamaño hasta alcanzar el de los edificios circundantes.

¡El monstruo vuela a media altura, bate las alas a velocidad supersónica, mientras su estruendo se transforma en un rugido furioso!

¡GROAAAAAAANNNNN!

La libélula apunta hacia arriba, al morro de Yo-Yo. Entonces el comisario Muscuash se seca el SUDOR de la frente:

—¡Monstruos! ¡Monstruos! ¡Monstruos! ¿No podría trabajar en una ciudad más tranquila?

Entonces, a bordo del scooter volador, Magnum y Supermetomentodo se colocan a un costado de la inmensa libélula.

¡WHOOOSHH!

El sc**OO**ter vuela pegado al monstruo que avanza a una velocidad increíble.

—¿TIENES UN PLAN, PRIMO?

—grita Magnum al oído de Supermetomentodo.

—En realidad no sé cómo vamos a capturarla. Por ahora debemos alejar esta bestia de las **CALLES** de Muskrat City —grita el superratón como respuesta—. *Enfrentarse a las ratas es una cosa, pero a un monstruo gigante...*

Después, Supermetomentodo añade:

—¡Intentaré transformarme en un gigantesco cazamariposas! Quizá consiga retener a la libélula. ¡Traje!

De la capa emerge la habitual vocecita electrónica:

—*Superjefe, sí, señor.*

¡Modalidad cazamariposas GIGANTE!

—*Me permito observar, superjefe, que esa cosa vuela a velocidad supersónica. ¡Aunque lo atrape, podría destruirme en un plis plas!*

—¡Hummm! ¡No lo había pensado!

—*No quisiera resultar* **aburrido**, *superjefe, pero tengo que decirte que tu predecesor me cuidaba mucho mejor...*

—¿Ahora te haces el quisquilloso?

—¡Atención! —grita Magnum, señalando justo frente a ellos.

¡En ese instante, la libélula se lanza contra Yo-Yo, atravesándola como si fuera niebla!

—*¡Prrrrrrt!* —le hace una pedorreta Yo-Yo.

El insecto se detiene en medio del aire, justo

frente a Magnum y a Supermetomentodo que, comparados con el monstruo gigante, parecen pequeñísimos: como dos coleópteros de colores, aleteantes... y también muy apetitosos. Un **blanco** pequeño, pero seguramente más fácil de golpear...

—¡Primo! ¡Me da que el monstruo nos ha visto! —aúlla Magnum frenando bruscamente.

—¡Diría que está haciendo algo más que vernos, Brando! ¡¡¡Viene a por nosotros!!!

El monstruo se precipita hacia los dos superhéroes aún inmóviles en el vacío.

— ¡ESTAMOS ACABADOS, MAGNUM!

—¡Piensa algo, Supermetomentodo!

El insecto ya está a punto de alcanzarlos, como un avión en ruta de colisión.

Pero en el instante en que el choque es inevitable, una *luz violeta* y deslumbrante envuelve a los dos roedores. Supermetomentodo cierra los ojos, después los abre, después los cierra de nuevo.

—Pero ¿qué ha pasado?

—La libélula **GiGANTe** ha desaparecido... —susurra Magnum.

—Pero no del todo —observa Yo-Yo desde lo alto de su superestatura.

Es verdad, el insecto aún está frente a ellos, pero ahora sólo mide unos diez centímetros. Entonces, por si fuera poco, se va volando como un insecto cualquiera.

—¡Bueno, ésta sí que es grande! —exclama Magnum.

—¡Sí, grande, pero sólo por una hora! —bromea Yo-Yo.

—Bueno, al menos la **EMERGENCIA** se ha acabado —sentencia Supermetomentodo—. Ya es hora de volver a tierra.

A l aterrizar los superhéroes, Stellar Boulevard está lleno de muskratenses exultantes que se agolpan en torno al terceto victorioso.

— ¡GRACIAS, SUPERMETOMENTODO!

— ¡VIVAN LOS SUPERHÉROES!

— SI NO FUERA POR VOSOTROS...

Con los bigotes despeinados y la ropa arrugada por el **TORNADO** desencadenado por el monstruo, también se adelanta el comisario Muscuash.

—¡Contaba con tu intervención, Supermetomentodo! No sabemos de dónde ha salido ese monstruo. ¿Tienes idea de qué se trata?

Los tres superhéroes no saben qué responder.

—El insecto ha desaparecido como ha apareci-do. ¡Un instante antes era **ENORME**, y se ha hecho minúsculo de repente! —explica Yo-Yo.

Entonces la policía empieza a despejar los **escombros** y a alejar a los curio-sos, mientras un cortejo de actores se acerca a los superhéroes para felicitarlos y aprovecha para dejarse filmar por las cámaras.

–¡Felicidades, superhéroes!

La joven estrella Tilly Ratpretty, con sus **OJAZOS** verdes, exclama:

—¡Habéis estado realmente fantásticos! Supermetomentodo se inclina galante, Yo-Yo sonríe, mientras Magnum se pone más rojo incluso que su traje:

—**¡HA SIDO UN PLACER!** —farfulla confuso mirando al suelo. Levanta la mirada, pero la cantante ha entrado en el teatro, seguida por un séquito de **PAPARAZZIS**.

—¡Vuelve a la tierra, primito! —dice Yo-Yo, acompañando la invitación con un codazo a Magnum—. ¡Espabila! Tenemos que irnos.

—Sí —añade Supermetomentodo, escrutando perplejo los coches destrozados de la calle.

—Me temo que esto sólo ha sido una adverten-cia... ¡Quiero echar un vistazo por ahí y luego hablar con Copérnica para saber qué piensa de todo esto!

¿Y NOSOTROS QUÉ HACEMOS MIENTRAS TANTO?

—pregunta Magnum, que no consigue apartar los ojos de las puertas del teatro.

—¡Tú y yo, primito —dice Yo-Yo—, tenemos que ir a la escuela! Nos espera la habitual su-perlección de la tarde de los miércoles.

—**¡UFF!** Si me hubieran dicho que para ser superhéroe tenía que volver a la escuela...

—**¡Pero las lecciones secretas del Maestro Huang son superratónicas! ¡Venga, ánimo! ¡Vamos!**

Yo-Yo y Magnum atraviesan a la carrera toda la ciudad, hacia la zona industrial.

Entre una fábrica de colchones y una nave va-

superan

cía, los dos un recinto herrumbroso y se dirigen hacia un edificio que parece abandonado. Una entrada trasera se abre frente a una escalera que los lleva hacia los sótanos.

Yo-Yo y Magnum se detienen delante de una puerta cerrada, donde está escrito con letras invisibles para quien no lleve una máscara de superhéroe:

ESCUELA DE SUPERHÉROES

—Contraseña —grazna una voz al otro lado de la puerta. Tanto Yo-Yo como Magnum inspiran **profundamente** antes de recitar:

—¡No basta con intentarlo, hay que hacerlo...

—... pero si no se consigue, continúa intentándolo! —responde una voz del otro lado.

La puerta se abre de golpe. Frente a ellos hay un gimnasio iluminado por la luz de un centenar de velas.

En una esquina al fondo, sentado en una estera, hay un **ratón anciano**. Es menudo, con un rostro de rasgos orientales. Un chasquido de sus dedos hace que se cierre la puerta a espaldas de Yo-Yo y de Magnum.

¡Estamos listos para la lección, Maestro Huang!

—exclama entusiasmada Yo-Yo.

—¡... y también para la merienda! —añade Magnum esperanzado.

—¡Rollitos de primavera sólo al final de la lección! —le **amonesta** imperturbable el Maestro Huang.

Entonces se levanta de la **ESTERA** con un movimiento tan ágil y veloz que parece que siempre haya estado de pie desde el principio. Con los brazos cruzados, el Maestro escruta a ambos alumnos.

—QUERIDOS ALUMNOS RECIÉN LLEGADOS...

Magnum susurra al oído de Yo-Yo:

—¡Habla siempre como si se encontrara ante una CLASE entera, pero siempre estamos sólo nosotros dos!

—¡Oído te he, alumno Magnum! —le reprocha el Maestro.

—Pero ¿cómo ha podido oírme desde allí?

—*¡Escuela del SUPERZEN justo esto enseña! ¡Afinar vuestros sentidos debéis, porque largo y arduo el camino del superhéroe es!* —sentencia el Maestro arrugando la frente y mirando a Magnum a los ojos—. ¡Como dice un gran sabio, de grandes poderes como los vuestros, grandes responsabilidades derivan! ¡Sobre todo ahora que sólo dos alumnos sois!

43

—**¿En qué sentido, Maestro?** —no puede evitar preguntar Yo-Yo.

—En los viejos y maravillosos tiempos —responde el Maestro, melancólico—, muchos jóvenes **SUPERHÉROES** había. Y a todos ellos yo enseñaba. Ahora, acabada aquella época, la ciudad con pocos puede contar.

ESTÁ HABLANDO DE NOSOTROS, ¿VERDAD? ¡LOS SUPERHÉROES!

—Sí, alumno Magnum. Pero quizá también de otros...

—¡Yo sé a quién se refiere! —exclama Yo-Yo—. ¡Está hablando de Lady Blue! ¿La recuerdas? ¡Ella nos ha salvado del láser de Blacky Bon Bon!*

—Suficiente he dicho. En este momento, mi deber entrenaros es. ¡Lección de hoy será: CONCENTRACIÓN y meditación... y después, cómo evitar los golpes del enemigo! Magnum se queja: ¡la escuela no está hecha para él!

—*¡Y después, rollitos de primavera super-nutritivos!* —añade el Maestro guiñándoles un ojo.

—¡Viva! ¡Ahora sí que razonamos! —se ilumina el superratón.

Mientras tanto, en Stellar Boulevard, Super-

* Para saber más del tema, leed el episodio *Los defensores de Muskrat City*.

metomentodo intenta olfatear alguna pista. El comisario, ansioso, le va detrás acosándolo con preguntas:

—¿Cómo una simple libélula ha conseguido transformarse en un monstruo como ése? ¿De dónde ha salido?

¿Y por qué nadie la ha visto antes de que llegara aquí?

—Desafortunadamente, sé tanto como usted, comisario. Aparte de la devastación a nuestro alrededor, no encuentro ninguna pista válida.

—¡Por mil bananillas espaciales!

—Ahora tenemos un problema. ¿Qué le contaré al procurador Barr?

—Dígale que los superhéroes están indagando y que tendrán pronto una solución. ¡Nada es imposible para los SUPERHÉROES!

Y diciendo esto Supermetomentodo intenta levantar el vuelo, sin conseguirlo: el traje no responde a sus órdenes. El superratón se estampa contra el suelo, luego echa a correr, protestando entre dientes:

—¡VAYA SUPERTRAJE DE PACOTILLA! NUNCA FUNCIONA COMO DEBERÍA...

—¡Superjefe, deberías saber que es necesario

exclamar la palabra «modalidad»... las instrucciones lo dicen bien claro!

—¡Qué tostonazo con esas instrucciones! ¡Se perdieron hace decenios y lo sabes!

—**¡TU PREDECESOR, MÁSTER RAT, SE LAS SABÍA DE MEMORIA!**

—rebate el traje.

Mientras Supermetomentodo se aleja, una figura **SINIESTRA** observa la escena desde la cornisa de un edificio: es Katerino, el pérfido brazo derecho del Jefe de la **Banda de los Fétidos**:

—¡El experimento ha funcionado! ¡El Jefe estará contento!

C omo era previsible, al día siguiente todos los periódicos de Muskrat City dedican la portada al ataque del monstruo. Los titulares abundan:

«¡UNA LIBÉLULA GIGANTE ATACA A LOS VIPS!»

«¡MEGALIBÉLULA EN LOS PREMIOS QUESO DE ORO!»

«¡SUPERHÉROES CONTRA SUPERLIBÉLULA!»

«¡MUSKRAT CITY AMENAZADA POR EL MONSTRUO!»

Metomentodo ha decidido quedarse en Muskrat City hasta que solucione el caso. Está leyendo el periódico, desayunando con sus primos:

49

—Esta ciudad nos necesita...

Brando come a gusto, y después levanta el morro de su tazón de leche y cereales.

¡ÑaM! ¡chOMP! ¡ÑaM! ¡CHOMP!

—Aún no consigo creerlo... ¡Tilly Ratpretty ha dicho que somos fantásticos!

—¡No dices otra cosa desde ayer, primito! —lo regaña bromeando Trendy, ya con la mochila a la espalda.

—¡No es verdad!

—¡Pero si hasta el Maestro Huang ha tenido que aplastarte la cola con su KATANA* para que te concentraras!

Enfurruñado, Brando hunde el morro en la taza.

* Espada larga japonesa.

—¡Nos vemos luego, primitos! ¡Me voy a la escuela!

Metomentodo está pegado al televisor, donde transmiten en directo nuevas imágenes del monstruo gigante. ¡O más bien... de un nuevo monstruo gigante!

—*¡Noticias dramáticas, telerroedores y telerroedoras!* —exclama la periodista—. *Las imágenes que les estamos transmitiendo provienen del puerto de Muskrat City, donde una nueva criatura de dimensiones colosales acaba de emerger del agua, atacando a dos pesqueros!*

Quien habla es Charlina Charlotona, mientras las CÁMARAS, desde un helicóptero de RatNews, enfocan a una langosta tan grande como un transatlántico. Con sus enormes pinzas, el crustáceo GIGANTE aplasta las dos embarcaciones, sacudiéndolas en el aire y bajo el agua como si fueran juguetes.

—¡El monstruo gigante ha emergido de repente del mar y ahora entra por la desembocadura del río Castor, el río de Muskrat City! ¡Si remonta la corriente hasta el centro de la ciudad podría causar daños enormes! Es necesaria la actuación del ejército para detenerlo...

—Pero ¿qué **EJÉRCITO**? ¡Se necesita a los superhéroes! —exclama Metomentodo.

—Pero ¿cómo lo hacemos? ¡Trendy ya se ha ido a la escuela! Y yo ya no sé qué contarle al señor Peperoni.

—¡NO TENGAS MIEDO, BRANDO!

¡Aunque parezcan tremendos, estos monstruos no son más que animales aumentados de tamaño! ¡Iré yo! No te preocupes...

Sin pensárselo un instante, Metomentodo desaparece en los **subterráneos** del Palacio Quesoso, para ponerse el traje del heroico Supermetomentodo.

Brando se siente culpable por no haber seguido a su superprimo; por otro lado, ¡teme más las reprimendas de su jefe que a las pinzas asesinas de la langosta gigante!

Mientras, Supermetomentodo, **se ha transformado en un cohete supersónico**. Volando por encima de los techos de Muskrat City, el

héroe puede ver bien el curso del río, que atraviesa **sinuoso** la ciudad.

La langosta gigante ya ha llegado a la altura del Castor Bridge, el puente más largo de la ciudad. ¡El monstruo es tan grande que su cuerpo ocupa todo el lecho del río y agarra con las pinzas los pilares del puente!

Los policías intentan detenerlo, pero sin éxito. Justo en ese momento,

CON UNA PIRUETA, UN COHETE AMARILLO ATERRIZA EN MEDIO DEL PUENTE.

Finalmente ha llegado. ¡Es Supermetomentodo!

El superhéroe mira a su alrededor velozmente: por suerte, el Castor Bridge ha sido cerrado al tráfico por las fuerzas del orden. El superratón se asoma a la barandilla de **ACERO** y mira a los ojos gigantescos y saltones del monstruo marino.

—¡Creo que para ti, querida langosta, ha llegado el momento de volver al mar!

El MONSTURO, sin embargo, parece tener otras intenciones: a sus ojos, Supermetomentodo es mucho más parecido a un apetitoso molusco que a un superhéroe. *Así que la langosta gigante suelta los pilares y apunta las pinzas hacia Supermetomentodo.*

El superhéroe tiene la impresión de que dos excavadoras rojas y nudosas están cayendo sobre él.

—¡Traje!

—¡A TUS ÓRDENES, SUPERJEFE!

—Modalidad... *glups*... modalidad...

—*¿Puedo sugerirte una «modalidad evasiva» para huir del ataque de esa cosa?*

—¡Claro, cómo no lo he pensado antes! —chilla Supermetomentodo.

—¡Bien, ahora las cosas sólo pueden mejorar! ¡Veamos si conseguimos ralentizar la marcha de esta bestia con un poco de dolor de cabeza! ¡Modalidad **NEUMÁTICO**!
El traje se envuelve en sí mismo y Supermeto-mentodo se transforma en un instante en una rueda que **GIRA** de un lado a otro del cuerpo de la langosta gigante, saltando hasta la cola.

—¡Trajeee!

—*¡Siempre a tus órdenes, Superjefe!*

—¡Tontaina de tomo y lomo! ¡Con neumático, quería decir MARTILLO neumático!

—*¡Discúlpame, Superjefe! ¡Creía que estabas proponiendo una fuga veloz!*

—Supermetomentodo no huye ante el peligro...

Y antes de que una pinza lo aferre, Supermetomentodo ya se ha transformado en un martillo neumático.

—¡Toma esto, gamba hiperdesarrollada! ¡Aunque seas tan duro y coriáceo, apuesto a que este ritmo te bananilliza los tímpanos!*

En efecto, la *langosta* parece muy molesta, así que se retira del puente y empieza a agitarse. Sin embargo los diques del puente la **BLOQUEAN**.

¡Con un esfuerzo, eleva su inmenso cuerpo y se lanza contra la orilla del río, superando el dique e irrumpiendo en la ciudad!

—traga Supermetomentodo volviendo a su estado normal.

—Vaya, ese movimiento no lo había previsto. He salvado el puente, pero ahora ¿cómo le impido que **arrase** la ciudad?

Supermetomentodo intenta en vano despistar

al monstruo, agarrándose a las antenas como si fueran las riendas de un extraño y desbocado caballo.

—¡SO, SO, VUELVE ATRÁS!

—intenta gritarle.

El monstruo trota hacia la plaza de los taxis. Pero un instante antes de aplastar los coches, una **luz violeta** empieza a resplandecer a su alrededor. Entonces la langosta desaparece de repente, como la libélula del día de antes. Supermetomentodo se queda agarrado a las **ANTENAS** de la langosta durante unos instantes: ahora se han convertido en unos filamentos de pocos centímetros.

La langosta gigante ahora descansa en la palma de la mano de Supermetomentodo.

Cogiéndola por las patas, el superhéroe exclama:

—¡Mira qué gigante eres ahora! ¡Jajaja! ¿Y

ahora qué hago contigo? —Y mientras habla, Supermetomentodo entrevé con el rabillo del ojo figuras misteriosas que se alejan furtivamente de la plaza.

¡Por mil bananillas espaciales!

¡Mi superolfato me dice que esos tres tienen algo que ver con esta historia, querida gambita mía!

Rápido como un *RAYO AMARILLO*, Supermetomentodo acciona la modalidad zancos.

—Ésos eran Uno, Dos y Tres, los esbirros de Blacky Bon Bon. ¡Estoy superseguro!

Entonces las botas del traje se **alargan** desmesuradamente y, con pasos tan largos como una manzana de casas entera, el superhéroe alcanza a las tres figuras misteriosas.

64

Desde lo alto de sus zancos, Supermetomentodo no pierde de vista a las tres ratas, que intentan escabullirse por los callejones. ¡Se **DIRIGEN** hacia el puerto, no hay duda! Por suerte, esos tres están tan gordos que no es difícil seguirlos. Transportan algo muy pesado... no parece que tengan prisa por desembarazarse de ello... ¡debe de tratarse de algo **importante**! En el puerto, donde ha empezado el ataque de la langosta gigante, Supermetomentodo escruta el horizonte y piensa:

—¡Estamos en los alrededores del barrio del Charquetal! Ahí están.

Supermetomentodo persigue a las tres ratas con la langosta aún en la mano.

Uno, Dos y Tres han entrado en un callejón tortuoso: ¡ya están al alcance de la mano!

Veloz como un rayo, Supermetomentodo irrumpe en el callejón de un salto, listo para la lucha.

—¡Cuidadito, ratas apestosas! ¡Sea lo que sea lo que traméis, ahora os las veréis con Supermetomento...! —grita con tono arrogante.

—¡Pero qué supertonto soy! ¡He acabado en un charco! —En efecto, el suelo del Charquetal está muy cenagoso. Supermetomentodo mira a su alrededor: ¡el callejón está desierto!

¿¿¿Cómo es posible???

«¡Seguro que se han escabullido por una de estas puertas!», piensa.

Las pocas puertas que se asoman al sórdido callejón, sin embargo, están todas atrancadas desde hace tiempo con tablones y clavos.

—Por mil bananillas espaciales, tres ratazas de cloaca tan grandes como ésas no pueden desaparecer así. A menos que...

Entonces Supermetomentodo divisa el cartel en el escaparate de una TIENDA.

—«Cosas viejas», hummm... Veamos qué hay ahí dentro...

Entra decidido en la tienducha. El interior está mal iluminado y apesta a moho.

—¡Hola! ¿Hay alguien?

Un roedor encorvado se adelanta, tropezando por el suelo abarrotado de objetos tan estropeados que son irreconocibles.

Supermetomentodo sospecha de la mirada trastornada del trapero y de sus gestos demasiado nerviosos.

—Me llamo Fétidor Dostoieski, anticuario. COMPRO y VENDO objetos usados. ¿Puedo... serle útil en algo, señor...?

—Supermetomentodo, superhéroe. Me enfrento y combato a ratas criminales. ¿Por casualidad ha visto a alguna por aquí cerca?

Claro que no... sólo soy un humilde y honesto comerciante, como puede ver...

Con una patita temblorosa, el trapero señala las cuatro paredes de la tienda.

Supermetomentodo no está nada convencido. Su olfato de investigador y de superhéroe capta tufo a quemado.

En ese sucio y desordenado tugurio huele a ratas...

–¿De quién son esas huellas?

—¿Eh? ¿Uh? ¿Qué huellas? —responde el trapero encogiéndose en su chaqueta.

—Esas del suelo. Directas a la trastienda...

–¿OH? ¿AH? ¿ÉSAS?

Serán de mis zapatos, ¿sabe?, mi tienda no está muy limpia.

Supermetomento-
do entra en la tras-
tienda, ignorando
los tartamudeos his-
téricos de Fétidor.

— ¿Tres filas de hue-
llas idénticas, y de
esa medida? Lo
dudo.

En la trastienda, sin em-
bargo, Supermetomento-
do sólo encuentra cajas re-
bosantes de BARATIJAS polvorientas.

—¿Lo ve? ¿Lo ve? —recita la voz agitada de
Fétidor tras él—. ¡Aquí sólo estoy yo! Y si no
le molesta, ahora tendría que cerrar. ¡Usted y
su CANGREJO de compañía tienen
que irse!

—No es un cangrejo, es una langosta,
—rebate Supermetomentodo desconfiando aún.

71

Después, encoge los hombros y se despide—:
Hasta luego.

**ADIÓS. ES DECIR...
¡HASTA LUEGO Y
BUENOS DÍAS!**

—responde el trapero.

A continuación la puerta de la tienda se cierra
tras el superratón y se oye claramente el ruido
de **CERROJOS** que se cierran
velozmente, uno tras otro.

—Ese roedor no me convence en absoluto...
—murmura Supermetomentodo para sí. Después vuelve la **MIRADA** a la langosta—:
Y tú, amigo mío, vendrás conmigo a ver a Copérnica. ¡Veamos qué puede descubrir de ti!

Mientras Supermetomentodo zumba hacia el
Palacio Quesoso, de detrás de la puerta atrancada de la tienda, la voz atribulada
del trapero suena más estridente que nunca:

—¿Hola? ¿Katerino?

—Sí, sí, aquí Fétidor. No, nadie nos oye, la línea del podridófono es segura... zzz... zzz... ¿Sabes ese superhéroe... zzz... ese tal Supermetomentodo? **Sí, ése... ¡acaba de estar aquí! Aún tiemblo desde los bigotes hasta la cola... zzz... ¡No, no ha descubierto nada!** ¡La trampilla secreta está bien escondida debajo de las cajas, como tú querías! zzz... zzz...

Katerino grita hasta que hace **VIBRAR** los cristales:

—¡Fétidor, eres la rata más boba de todas, roedor inútil! ¡Te has arriesgado a arruinar toda la operación! ¡Ese amasijo de músculos de Uno, Dos y Tres también me van a oír! ¡Espera a que lo sepa el Jefe! ¡Ya está suficientemente ENFURECIDO!

—¿Po-por qué? Los dos monstruos gigantes han aterrorizado a todos los roedores... aquí arriba. ¡Si vieras!

Katerino ya no está frío y controlado como siempre. También él teme la ira de Blacky Bon Bon, Jefe de la Banda de los Fétidos.

—**¡AL JEFE NO LE BASTA!**

Tenemos un objetivo preciso, lo sabes, debemos tomar la ciudad y es imposible hacerlo con esas ratas sin cerebro.

Fétidor enmudece.

Entonces se oyen interferencias en el podridófono y, con voz más calmada, Katerino vuelve
a hablar:

—Ese poco fiable inventor, Sebocio Cybercoscurro, nuestro científico, en este momento
está **ELABORANDO** un plan al-
ternativo. ¡Así que prepárate a recibir otra
visita del subsuelo en las próximas horas, ra-
tucha! ¡Dentro de poco la ciudad será nuestra! ¡Nuestra para siempre!

Con un gemido, Fétidor cuelga el auricular.

 —protesta—.

¡Siempre la toman conmigo! Como si no fuera
suficiente, tengo que mover todas esas cajas
para liberar el pasadizo secreto. *¡Espero que
esta vez consigamos aplastar a los roedores de Muskrat City!*

M ientras tanto, en el Palacio Quesoso, Copérnica está sentada en la biblioteca. A su alrededor hay muchas estanterías llenas de **libros**: novelas, ensayos, textos antiguos, una colección acumulada generación tras generación de los Quesoso.

Copérnica recibe a Supermetomentodo con un tono un poco brusco cuando ve el animal que lleva en la mano:

—¡POR MIL NEUTRINOS! ¿Tan poco te fías de mi cocina, Metomentodo? ¿Era necesario traerme a casa una langosta viva?

—¡No es para cocinar, Copérnica! ¡Éste es el monstruo que hemos visto por televisión y al que he derrotado hace poco.

—¿Derrotado? Pero ¿qué estás diciendo? ¿A esta langosta?

—Sí, antes era gigante, pero se ha encogido de repente. ¡Esperaba que, analizándola con tus INSTRUMENTOS, pudieras descubrir algo sobre el origen de estas criaturas!

Copérnica, con ojos alegres, se inclina para observar al crustáceo que patalea encima de la mesa.

—*Homarus vulgaris*, crustáceo decápodo de la subespecie de los macrúridos. ¡Es muy común en nuestros mares! —exclama tirándole de las pinzas al animalito.

—Será todo eso que dices, pero ¿cómo ha conseguido transformarse en un monstruo de treinta metros? —protesta Metomentodo a su lado.

—¡¡¡DENTRO DE POCO SABREMOS MÁS!!!

¡Copérnica va a su equipadísima COCINA-LABORATORIO, para

78

volver poco después con un nuevo y extraño aparato!

—¿Y eso qué es? Parece un contador Geiger,* una de esas cosas que se usan para revelar radiaciones...

—Lo he construí hace unos días. ¡Lo he llamado el **«MONSTRUÓMETRO»**!

—Entonces apunta el instrumento hacia la langosta—. ¡Fíjate! ¡La aguja señala al menos 4.000 *kaijulios*!

—¡No entiendo nada de esos términos! ¿¿Kaij... qué??? —la mira Metomentodo boquiabierto.

—*Kaijulios* es una unidad de medida que he inventado yo —explica Copérnica—. Mide el nivel de  al que son sometidos los animales para ser convertidos en monstruos.

* El contador de Geiger-Müller es un instrumento capaz de revelar la presencia en el ambiente de partículas cargadas radiactivamente.

79

—Pero ¿cómo se puede hacer algo así?

—Oh, no está al alcance de cualquiera. Las huellas de energía que hay en esta langosta son exactamente iguales a las que he encontrado analizando los **ARTILUGIOS** que tú y tus primos traéis de vez en cuando...

—¿Te refieres a las armas que hemos requisado a las ratas de cloaca, antes de meterlas en la cárcel de Muskatraz?

—Exacto. Todos aquellos aparatos presentan **huellas residuales** de la misma energía. Una energía aún desconocida para mí. Entonces, como alcanzada por una repentina inspiración, Copérnica se dirige hacia las estanterías:

—Debe de estar por aquí... con los viejos anales de la familia...

La científica **rebusca** con insistencia entre los viejos textos. Nubes de polvo se levantan de las páginas amarillentas por los años.

¡AQUÍ ESTA!

—exclama triunfante.

Entre las patas tiene un volumen encuadernado en piel, manchado aquí y allá por **borrones** de tinta.

—¡Las *Memorias Secretas* de mi abuelo, el gran científico Tycho Rate! —dice Copérnica exultante DEJANDO CAER el volumen sobre la mesa y haciendo asustar a la pobre langosta.

Enseguida, la científica empieza a ojearlo.

—¿Estarán también ahí dentro las instrucciones de mi traje? —pregunta Metomentodo curioso—. En el fondo, fue tu abuelo quien lo proyectó, ¿no?

—**El abuelo Tycho era el inventor que asistía a Quesosardo Quesoso, es decir, al heroico superhéroe Máster Rat** —le responde Copérnica pensativa—. Del mismo modo en que tú has heredado su traje, yo he seguido la tradición científica de los Rate, proyectando los trajes de tus primos. Trajes que pueden ser ELEVADOS, sólo por personas con un cierto poder...

—¡El poder de los superhéroes! ¡Claro! ¡Sólo algunos individuos de la familia lo tienen! Me lo explicaste cuando me hablaste de mi destino de superhéroe... —añade Metomentodo con ojos **soñadores** por aquel recuerdo.*

—Exacto, Metomentodo. Nadie ha comprendido nunca de dónde viene ese poder. Mi abuelo se lo preguntaba a menudo, había *anotado* en algún lugar sus ideas a propósito del tema...

¡Aquí están!

Copérnica apunta el dedo sobre una página escrita con letra muy apretada: «*¿Por qué existen estos poderes? ¿De dónde provienen? No puedo más que preguntármelo, aunque Quesosardo le dé poca importancia a su origen. ¡Dice que*

* SUPERNOTA: ¡Volveremos a hablar de los orígenes del supergrupo! ¡Tenedlo por seguro!

lo importante es hacer buen uso de ellos! En Muskrat City hay individuos excepcionales, siempre listos para dar lo mejor de sí en todas las situaciones...».

Los pensamientos escritos de Tycho Rate continúan: «*He conseguido fabricar trajes que, concentrando la fuerza y la energía de estos roedores, producen verdaderos superpoderes... Master Rat tiene el traje más conseguido de la familia Quesoso. Conseguiré que su poder continúe transmitiéndose a todas las generaciones de los Quesoso...*».

—¿Ninguna pista de las **instrucciones**? —pregunta Metomentodo.

—Tycho Rate era un roedor muy *cauto*,

por eso Quesosardo se fiaba de él. Pero las instrucciones, desafortunadamente, se perdieron hace tiempo en el transcurso de un combate.

QUÉ MALA SUERTE...

—comenta Metomentodo.

—De todos modos, lo haces. ¡Eres un digno descendiente de los superhéroes Quesoso! —lo consuela la **científica**—. Pero lo que nos interesa, por ahora, es otra cuestión: ¿cuál es el origen de la energía que se esconde tras estos monstruos?

—¿Tienes ya alguna idea, Copérnica?

—**¡Mi sospecha es que tiene algo que ver con la energía misteriosa de la que habla Tycho Rate, cuando intenta comprender el origen del poder de los superhéroes!**

—Pero eso son preguntas sin respuesta, ¿no?

—Por ahora, sí... lo siento... —sonríe ella con optimismo.

La conversación es bruscamente interrumpida por un **rayo luminoso amarillo** que emerge de la muñeca de Metomentodo. Una gran «S» luminosa se proyecta contra el techo.

—¡El reloj resplandece!

¡Está sucediendo algo más! ¿Será un nuevo ataque?

Los dos se acomodan en el comedor y encienden el televisor. La *periodista* Charlina Charlotona está muy agitada:

—*¡Telerroedores y telerroedoras, la tensión de los últimos días no parece disminuir! ¡Hace pocos minutos, un nuevo monstruo ha aparecido de la nada! Esta vez se trata de una lagartija gigante, un lagartón!*

¡POR TODAS LAS SUPERNOVAS!

—exclama Copérnica—. ¡Está trepando por los rascacielos del Distrito Financiero!

El tercer monstruo es aún más grande que los dos anteriores: ¡un coloso **VERDE** con unos grandes ojos y boca y con lengua bífida! La enorme cola devasta edificios enteros. Por suerte, las oficinas han sido rápidamente evacuadas, mientras el **MONSTRUO** trepa siseando con la fuerza de una locomotora.

¡HiSSSSSSSSSSSSSSSSSSS!

¡HiSSSSSSS!

¡HiSSSSSSS!

—¡Copérnica! ¡Manda una señal a Trendy y a Brando para que me alcancen rápido en el **DISTRITO DE LAS FINANZAS**! —exclama Metomentodo—. ¡Esta vez no puedo hacerlo yo solo! ¡Y te pido —añade alejándose— que intentes descubrir por qué se vuelven **GIGANTES** estos animales! También necesitamos tu ayuda.

Entonces corre veloz como un rayo hacia una de las muchas salidas secretas del Palacio Quesoso.

89

M ientras los helicópteros de la televisión graban al **MONSTRUOSO** lagarto, manteniéndose a una respetable distancia, los superhéroes al completo irrumpen en la escena del crimen.

—**¡GLUPS!** —traga Magnum en su scooter volador.

—¿Cómo lo detendremos? ¡Es un lagartón de cincuenta metros, más grande que un dinosaurio! —exclama Yo-Yo.

—¡Nada es imposible para los superhéroes! —sentencia con **VALENTÍA** Supermetomentodo—. ¡Copérnica me ha di-

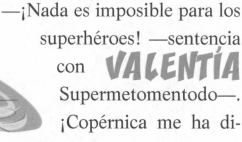

cho que los efectos del gigantismo duran una hora máximo! Pero esa hora basta y sobra para destruir el barrio entero.

¿QUÉ DEBERÍAMOS HACER?

—rebate Magnum, que observa con ojos como platos al coloso verde—. ¡Por lo que parece, el monstruo está escalando el rascacielos de las Industrias Muskorp!

A los pies del monstruo hay de todo: árboles arrancados, ventanas rotas, escombros de edificios derrumbados. ¡Qué desastre!

—¡Tenemos que retenerlo hasta que vuelva a sus dimensiones naturales! —responde Supermetomentodo.

—Pero ¿cómo retendremos a una bestia tan grande?

Yo-Yo activa **RÁPIDA** el chip «Empollón»* recién instalado en su traje.

—El único modo es intentar ralentizar sus movimientos. El «Empollón» me ha explicado que todos los reptiles, por **GIGANTES** o minúsculos que sean, son «heterotérmicos»...

—¿Heteroqué? —pregunta Magnum.

—*¡Heterotérmicos!* Quiere decir que su temperatura corporal varía al variar la externa; para *CALENTARSE* necesitan absorber el calor del exterior. Por eso los lagartos siempre están tomando el sol...

—Así que para ralentizarlo, ¿bastaría con enfriarlo un poco?

—Sí. Cuando hace mucho **FRÍO**, los reptiles se entorpecen y se hacen lentos.

—Pero ¿cómo podremos enfriar a un gigante como ése? ¡Necesitaríamos un centenar, o más bien un millar de frigoríficos! —dice Magnum. Supermetomentodo eriza los bigotes y las orejas.

—¡Pues claro! ¡Qué **SUPERIDEA**!

—exclama Supermetomentodo entusiasmado—. ¡Nosotros ya tenemos el **ARMA** que necesitamos! ¡El disparafrío de *Ice Creamouse*!

—¡¿Aquella rata que atrapamos hace tiempo?! **¡¡¡Exacto!!!**

—Pero las superarmas que hemos requisado y estudiado, ahora están bien custodiadas en la cárcel de Muskatraz! —precisa Magnum.

—¡Vuela allí con el **scooter** y haz que te entreguen el disparafrío!

—¿Y tú qué harás, primo?

—Yo distraeré al monstruo... ¡YA TENGO UNA CIERTA PRÁCTICA!

Yo-Yo y Magnum salen volando por el cielo mientras Supermetomentodo sube por la escalera de *INCENDIOS* del edificio de las industrias Muskorp.

Una vez arriba, el héroe se lanza hacia el enorme morro del lagarto.

—¡Traje! ¡Modalidad tábano!

—¿Modalidad qué?

—Uf, llámalo como quieras, basta con que te transformes en un **moscardón gigante**, ¡¿entiendes?!

—*¡Libélulas, langostas, lagartos, tábanos... uf, cuántos animales en esta historia! ¡No entiendo nada!* —protesta el traje.

¡Supermetomentodo en acción!

Sí. Misión cumplida, o casi...

De hecho, Supermetomentodo aún está atrapado en las **FAUCES** del monstruo, ya reducido a un bloque de hielo.

—¡Buen trabajo, primos!

De repente, el monstruo vuelve a sus dimensiones y en su lugar sólo queda una inmensa ESCULTURA de hielo... ¡vacía!

¡¿TENÍA QUE REDUCIRSE JUSTO AHORA?!

—exclama Supermetomentodo, agitándose para liberar la capa atrapada—. ¡Mejor bajo, antes de que se **DESHAGA** todo!

El superratón alcanza a Yo-Yo y a Magnum.

—¡Brrr! El plan ha funcionado a la perfección —dice Supermetomentodo aún congelado de frío—. ¿Alguno de vosotros ha conseguido atrapar a la lagartija?

—¡Yo lo he intentado, primo, pero... se me ha escurrido entre los dedos y ha huido por una alcantarilla! —responde Magnum molesto.

—Bueno, no importa. No creo que vuelva a ser una amenaza.

Parece que Blacky Bon Bon se divierte mandándonos cada vez un monstruo distinto.

—¿Quién sabe lo que nos espera la próxima vez? —pregunta Yo-Yo.

Ninguno de los SUPERHÉROES tiene una respuesta para esa pregunta.

P or ahora los tres superhéroes sólo pueden volver a su propia identidad. Así, Brando regresa al trabajo VISTIENDO el uniforme de repartidor. En Súper Pizza, sin embargo, la atmósfera es muy distinta de lo habitual: no están todos alegres y listos para bromear como siempre.

Nadie recibe a Brando con las habituales bromas sobre sus retrasos, más bien parece que nadie le haga caso...

Sus colegas están todos reunidos en torno al mostrador de pedidos: mudos y preocupados. Entre ellos emerge la figura grande y gorda de Genaro Peperoni, el propietario de la pizzería, aún más silencioso y abatido que los demás.

¡Menudas caras! ¿Qué SUCEDE?

—pregunta Brando.

—¿No sabes nada? ¡Ven a ver! —le responde el señor Peperoni con su *inconfundible* vozarrón.

En el mostrador hay un pequeño televisor portátil en el que convergen todas las miradas.

—Es otra edición extraordinaria de TvNews —le susurra uno de los pinches aprendices.

—¡YA NO TRANSMITEN OTRA COSA!

—*De nuevo Charlina Charlotona con ustedes, en directo desde la residencia de Ratpretty...*

A Brando se le **rizan** los pelos de la cola.

—*... los detalles aún son vagos, pero los rumores sobre el secuestro han sido confirmados. Hoy al mediodía, mientras la atención de la ciudad entera apuntaba al enfrentamiento entre la lagartija gigante y nuestros superhéroes, alguien se ha introducido en la villa de la familia Ratpretty y ha raptado a la famosa cantante y actriz Tilly Ratpretty...*

En la pantalla aparece el rostro de la roedora.

—*Tilly, a la que los muskratenses conocen bien por su participación en la serie «Colas entrelazadas», ha iniciado su carrera en la publicidad con la cadena de pizzerías Súper Pizza. Tenemos aquí con nosotros a Priscilla Barr, abogada de la familia Ratpretty...*

¡BRANDO ESCUCHA SORPRENDIDO

¡¡¡NO PUEDE CREERLO!!!

Mientras él estaba ocupado en salvar la **CIUDAD**, alguien ha aprovechado la confusión general para raptar a su amada Tilly Ratpretty.

—*Como abogada de la familia Ratpretty —dice Priscilla Barr a*

los **MICRÓFONOS** *de los cronistas—, puedo decir que hasta el momento no ha llegado ninguna demanda de rescate y que aún no conocemos los motivos del secuestro.*

—Pero ¿es cierto que ha desaparecido también otro miembro de la familia? —insiste la reportera Charlotona.

—No estoy autorizada a dar más información... —responde Priscilla Barr con un bufi-

do—. *Ahora las respuestas las darán las fuerzas que se ocupan de encontrarla.*

—*Es decir, ¿la policía? —recalca la reportera.*

—*La policía y... no sólo ellos* —responde la abogada con expresión enigmática, volviendo sus grandes **OJOS AZULES** hacia las cámaras.

—¡Si hubiera estado allí habría podido salvarla! —dice Brando desconsolado, con los ojos fijos en el suelo.

¿PRECISAMENTE TÚ, QUE LLEGAS SIEMPRE TARDE?

—bromea Peperoni—. ¡Éstos son asuntos de superhéroes, no de superdevoradores de pizza como tú!

Y a ha pasado una semana y la policía aún **INVESTIGA** la desaparición de la joven sin resultado alguno.

Toda la ciudad de Muskrat aguanta la respiración: ¿cuándo llegará el nuevo ataque de los monstruos gigantes? ¡El **COMI-SARIO** Muscuash lidia a diario con cientos de llamadas telefónicas de muskratenses **PREOCUPADOS**!

Algunos preguntan por la diva raptada, algunos juran haberla visto por las calles de Muskrat City, algunos anuncian avistamientos de nuevos monstruos. Pero son falsas alarmas.

HASTA QUE...

Una noche, Supermetomentodo, Yo-Yo y Magnum deciden patrullar la metrópolis.

SILENCIOSAMENTE

apostados en la cornisa de un viejo edificio, observan la ciudad debajo de ellos, iluminada por las luces variopintas de las farolas, los carteles y los reflectores.

Magnum suspira. Desde el día del secuestro habla poco y come aún menos: ¡un hecho sin precedentes!

—¿Qué te pasa, primito? —le pregunta Yo-Yo, preocupada.

—Aún estoy pensando en la pobre Tilly Ratpretty... ¿quién sabe dónde estará?

—Estoy seguro de que la policía ya está tras la pista —intenta reconfortarlo Supermetomentodo.

—El comisario me ha **asegurado** que están haciendo todo lo posible para encontrarla. Y también el procurador Barr ha dado preferencia a este caso: está muy implicado... también porque la **ABOGADA** de los Ratpretty es su hija.

Magnum está un poco aliviado. Alza la cabezota y dice:

—Espero que sea verdad. De hecho, noto que me está volviendo el apetito.

Ya empieza a relamerse el **BIGOTE** pensando en una buena cena al final de la misión nocturna.

—NO VEO LA HORA DE COMERME UNA BUENA PIZZA MARGARITA...

—Callaos todos. ¿Habéis oído?

—lo interrumpe Supermetomentodo.

El jefe de los superhéroes está encima de un gran canalón de piedra, escrutando el horizonte y **PRESTANDO** atención al más mínimo ruido.

—Era un ruido sordo y rítmico, como de pasos...

—¡¿Has oído **PASOS** en la calle desde aquí arriba, primito?!

—comenta Yo-Yo irónica.

—No, no. ¡Son pasos lejanos... pero pesados, pesadísimos!

Pocos segundos después, el edificio empieza a OSCILAR y los cristales de las ventanas a romperse. Todo el barrio tiembla violentamente bajo sus pies, como si fuera un terremoto.

¡BOOM! ¡BOOM! ¡BOOM!
¡BOOM! ¡BOOM! ¡BOOM!
¡BOOM! ¡BOOM! ¡BOOM!

—¡Por mil bananillas espaciales y cósmicas! —exclama Supermetomentodo.

—¡ES UN TERREMOTO!

—grita Magnum.

—¡Me parece que no! ¡¡¡Mirad allí!!! —chilla Yo-Yo.

¡Una silueta inmensa se acaba de levantar sobre los edificios del barrio, tan alta que sobrepasa todos los edificios circundantes!

—Y ése, ¿qué animal es? —pregunta Yo-Yo.

El nuevo monstruo se recorta, como una inmensa figura amenazadora, contra las luces rojizas de las llamas de los incendios apenas iniciados.

—No es un animal... es... es...

¡... UN ROEDOR GIGANTESCO!

Si no fuera porque es como un rascacielos de alto y ancho como tres edificios, sería un roedor común. Alguien ha alertado a la policía y a los bomberos: los pasos del MONSTRUO han causado derrumbamientos y roturas accidentales de las tuberías de gas. Sus pasos resuenan amenazadores por las calles de la ciudad.

¡BOOM! ¡BOOM! ¡BOOM!
¡BOOM! ¡BOOM! ¡BOOM!
¡BOOM! ¡BOOM! ¡BOOM!

Todos los ciudadanos se dan a la fuga, es sólo cuestión de minutos, la catástrofe parece inminente.

El monstruo gigante recorre las calles de la ciudad. El suelo tiembla bajo sus pies y los muskratenses se sobresaltan dentro de sus coches.

El roedor gigante alcanza sin problemas el corazón de Muskrat City, arrasando con las esta-

tuas y las torres eléctricas. En Market Plaza, **APLASTA** de un golpe todos los tenderetes del mercado (¡por suerte ya cerrados y desiertos!), chafa un par de paradas y **PULVERIZA** un quiosco. Desde las ventanas, los ciudadanos de Muskrat City siguen pálidos su recorrido.

Entonces se detiene y, dominando la ciudad, se eleva en toda su estatura, alargando los brazos en un gesto de dominio. Finalmente emite un

ESTRUENDO PROFUNDÍSIMO

que por sí solo basta para romper todos los escaparates de la zona.

—¡Qué ruido tan terrible! —grita Yo-Yo llevándose las manos a las orejas.

—*¡No es un simple grito, escuchad bien! ¡Está... hablando!*

En efecto, su voz retumba por toda la metrópolis.

¡CIUDADANOS DE MUSKRAT!

—grita el roedor gigante.

Ninguno, pero ninguno de los muskratenses puede evitar oír su voz.

—¡Vuestra hora final acaba de llegar! ¡Yo, Garganratón, os lanzo mi ultimátum: debéis abandonar **EN SEGUIDA** la ciudad!

—¡Qué fácil es decirlo! —replica Yo-Yo, que junto a sus super-primos ha saltado de un techo a otro siguiendo el rastro del monstruoso roedor.

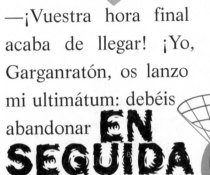

Los **SUPERHÉROES** alcanzan la cima de un repetidor televisivo a unas decenas de metros de la plaza. La **ANTENA** a la que

se han agarrado es altísima, pero apenas llega al hombro de Garganratón.

¡ESTA VEZ NO TENÉIS ENFRENTE A UN SIMPLE ANIMAL SIN CEREBRO!

—insiste la voz retumbante—. Yo soy capaz de **APLASTAROS** uno por uno. ¡Chafaré vuestras casas, como si fuerais hormigas! Y lo haré si no seguís mis advertencias y no desaparecéis inmediatamente.

¡MI IRA TERRIBLE

TERRIBLE

SERÁ TERRIBLE!

TERRIBLE

En ese momento, Garganratón mira a su alrededor con aire feroz; después, inspira profundamente, creando un vacío de aire, que succiona en un vórtice los pocos árboles que aún quedan en pie así como objetos de todo tipo.

Justo después, el gigante libera todo el aire en un terrible **GRITO**, que rompe puertas y ventanas, y que levanta las tejas de los tejados en un radio de seis manzanas.

—¡¡¡MUSKRAT CITY YA NO OS PERTENECE!!!

119

—¡Basta ya, hemos oído suficiente! —dice Yo-Yo **desatascándose** las orejas.

—¿Cuál es el plan, superprimitos?

—Querría poder decirte que esta vez estoy preparado, primita... —murmura Supermetomentodo.

Los primos lo miran, muy preocupados.

— ... Y EN EFECTO, ¡LO ESTOY!

—concluye guiñándoles el ojo con expresión de quien se las sabe todas.

Supermetomentodo trastea con el cinturón para agarrar el misterioso estuche que ha traído consigo. Extrae de él un mecanismo **REDONDO** que proyecta un haz de luz.

—Esto es el último artilugio de Copérnica: lo ha proyectado tras haber ANALIZADO la energía presente en la langosta.

—¿Cómo podrá ayudarnos un objeto tan pequeño? —objeta Magnum perplejo.

—Tampoco nuestros TRAJES son objetos enormes, ¿no?

121

Brando y Yo-Yo lo miran con mucha atención.

—Pero... —retoma—, nos permiten concentrar y exprimir lo mejor posible nuestros poderes, haciendo que seamos **SUPERHÉROES** cada vez que nos los ponemos. ¡Pues bien, este artilugio funciona exactamente al contrario!

—¿Quieres decir que...? —pregunta Yo-Yo.

—¡... quiero decir que no potencia los superpoderes sino que los anula!

—*¡AHORA LO ENTIENDO!* —dice exultante Yo-Yo.

—¡También yo! Es decir... a decir verdad, ¡no! —comenta Magnum.

—*¡Pero si es obvio, primito! Si alcanzamos a Garganratón con el artilugio, sus poderes desaparecerán, ¿no?* —pregunta ansiosa, volviéndose hacia Supermetomentodo.

—Probablemente no del todo. La energía absorbida por ese gigante es mucho más intensa que la nuestra... pero será mucho más inesta-

123

ble. Creo que por eso el efecto se desvanece después de un rato.

—¿Y ENTONCES?

—¡Entonces, sospecho que conseguiremos devolver a Garganratón al lugar de donde viene!

—ME PARECE UN ASUNTO COMPLICADO...

—objeta Magnum.

—Pero, ¡vamos, Magnum, un poco de confianza... por favor! —lo interrumpe Yo-Yo.

Mientras tanto, Garganratón continúa amenazador en la plaza, totalmente inmóvil, como una estatua con pellejo. ¡Tiene los puños a ambos lados, a la espera de poder empezar su obra de **DEMOLICIÓN**!

Sin embargo, su mirada no es nada determinada. Más bien tiene algo de triste y resignado.

—¡Eh, Gargan*cosa*! ¡Mira hacia aquí abajo!

—¿QUIÉN HA HABLADO?

—pregunta el monstruo—. ¿Alguien, ahí abajo, no me tiene miedo?

Curioso, inclina hacia abajo la cabezota, tan grande como una casa.

—¿Quién osa desafiarme? —retumba su voz, más baja e inquieta.

Desde los escombros de la plaza, los tres superratones miran al gigante. Están a pocos pasos de sus enormes patas.

¡Somos los superhéroes, te ordenamos que te rindas!

—grita Supermetomentodo a través de su capa transformada en **MEGÁFONO**.

—Yo... ¿rendirme a vosotros? —pregunta incrédulo el gigante—. ¿De qué modo podríais detenerme?

Supermetomentodo no pierde el tiempo:

—¡Así!

A una señal, Magnum grita:

¡¡¡EEEEEEEEEEEEEEEEEEEEEEEEEEEEEE

Es el efecto **EVOLUCIÓN VEGETAL**, uno de sus cinco superpoderes vocales. Desde los bancales a los pies del gigante despuntan un *centenar de reptantes zarcillos verdes* que crecen desmesuradamente en un abrir y cerrar de ojos. Se aferran a los tobillos del monstruo, como *hiedra* sobre dos grandes columnas. Las ramas crecen con una rapidez increíble, cada vez más *largas* y más **fuertes**, hasta llegar a los hombros de Garganratón, y lo sujetan al suelo con fuerza.

EEEEEEEEEEEEEEEEEEEEEEEEEEEEEEEEEEE E!!!

¡TRAJE!
¡MODALIDAD CATAPULTA!
POP
DESEADME SUERTE...
¡DICHO Y HECHO, SUPERJEFE!
¡... BUENA SUERTEEEE!

Ahora Garganratón no sabe qué esperarse. El ataque de Yo-Yo y de Magnum ha sido eficaz, fulminante.

¡SÓLO FALTA EL GOLPE DE GRACIA FINAL!

Supermetomentodo está listo:

—¡Es nuestro momento, monstruo!

E spera —exclama una voz detrás de él.

Supermetomentodo se vuelve de **GOLPE**:

—¡Por mil bananillas espaciales! Quie...

Entonces se queda mudo de repente. Sus orejas enrojecen y su boca se ensancha en una sonrisa amplia y embelesada.

—¿Lady Blue? Pero ¡qué **superplacer**!

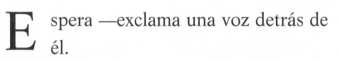

Frente a él está la superroedora de Muskrat City, la fascinante Lady Blue...

—¡Me alegro mucho de verte! ¿Qué haces por aquí

—le pregunta azorado.

—Intento impedirte que cometas un error.

—¿Error? **¿Qué error?** ¿No has visto que hemos apresado a cuatro monstruos y salvado

la ciudad? —protesta Supermetomentodo intentando darse aires *torpemente*.

Lady Blue abre sus ojazos azules y mira intensamente al superratón:

—Se da el caso de que conozco bien a este «monstruo», querido Supermetomentodo. *Y antes de convertirse en un gigante era un ratón como tú y como yo. ¡Su verdadero nombre es Tombo Ratpretty!*

—¿Ratpretty?

—¿Quieres decir que tiene algo que ver con... Tilly Ratpretty? —jadea Magnum detrás de él.

—¡Entonces es cierto lo que decían por televisión! —añade Yo-Yo—. ¡Él es el otro miembro *desaparecido* de la familia Ratpretty!

—¡Entonces los monstruos y el secuestro están relacionados! —exclama Supermetomentodo. Lady Blue *asiente*.

—Exacto. He dejado el combate en vuestras manos, pero ahora me toca a mí intervenir.

Tombo Ratpretty es el hermano menor de Tilly, sólo tiene diez años.

Supermetomentodo alza la mirada hacia el enorme morro por encima de él. El gigante SACUDE la cabeza con tristeza.

De sus ojos se DESLIZA un lagrimón que podría llenar una bañera, y que cae al lado del superhéroe con un ESTRUENDO. Con voz rota por los sollozos, el gigante dice:

—Me han amenazado con una máquina terrible... esos villanos tienen como rehén a mi her-

mana. Han... snif... snif... Han dicho que...
nunca la liberarían si no aceptaba hacer lo que
querían...

Los cuatro superhéroes miran sus ojos
TRISTES con comprensión. Tombo
se suena la nariz con el toldo de una heladería,
después prosigue:

—Me han obligado a seguirlos a su caverna
subterránea y allí... snif... *me han disparado
un extraño rayo, después me han devuelto
a la superficie y al poco rato he empezado a
crecer cada vez más... ¡SNIF!*

Supermetomentodo y Lady Blue asienten con-
movidos, animándolo a continuar. Los sollozos
de Tombo hacen **temblar** su tripota como
si fuera de gelatina.

—... y me han dicho lo que tenía que hacer:
asustar a toda la ciudad y obligarlos a todos a
huir... *¡¡¡BUAAAAAAAAAAAAAAAAAAAA
AAAAAAAAAAAAAAAAAAAAAAAAA!!!*

¡El roedor estalla en un llanto irrefrenable, como si fuera una tempestad!

¡¡¡BUAA AAAAAA AAAAAA AA

Los superhéroes se ponen a resguardo bajo la capa de Supermetomentodo, RÁPIDA-MENTE transformada en un paraguas. El superratón se vuelve al resto del grupo.

AAAAAAAAAAAAAAAAAAAAA

—¡Lady Blue, Magnum, Yo-Yo! ¡Me parece evidente que detrás de todo esto está la pata de quien bien sabemos!

—¿BLACKY BON BON?

—¡El bulto que trasportaban el otro día sus tres pelagatos en el puerto debía de ser el proyector del **rayo** agigantador! ¡Seguro que lo han usado para crear todos los monstruos!

—Sí... snif... he oído a su jefe que decía... snif... que estaban probando una arma en varios animales...

—¡Lo habría jurado! —exclama Supermetomentodo—. Por suerte,

hemos mandado su plan a freír bananillas.

—Pero ¿cuál es ese plan? ¿Por qué quiere desahuciar a los ciudadanos de Muskrat City?

¡UNA PREGUNTA CADA VEZ, LADY BLUE!

—exclama Supermetomentodo haciéndose cargo de la situación—. Lo primero es rescatar a Tilly Ratpretty.

—¡Muy bien dicho, Supermetomentodo! —responde Lady Blue iluminándose de admiración.

Cada vez más complacido, Supermetomentodo se vuelve al equipo:

—Nada es totalmente imposible para los SUPERHÉROES, ¿no es así, chicos?

Yo-Yo toma la palabra:

—No es que tenga intención de **contradecirte**, pero ¿cómo piensas rescatar a Tilly si ni nosotros ni la policía sabemos dónde se encuentra?

El entusiasmo de Super- metomentodo se deshin- cha. No quiere desilu- sionar las expectativas de la fascinante Lady Blue, que aún lo está mirando confiada.

«Qué ojos tan bonitos», piensa. Desde arriba, los alcanza la voz de Tombo:

—¡Yo sé dónde se esconden! ¡Como ya os he dicho, me han llevado allí!

—¡Fantástico, por mil bananillas espaciales!

¡Pongámonos en camino! No podemos esperar —exclama el superhéroe.

Lady Blue le tira de una oreja:

—Si las ratas viven **BAJO TIERRA** ¿cómo podrá llevarnos hasta ellos si es tan grande?

El tono es reprobatorio, pero en sus ojos Supermetomentodo lee también un destello de divertimento.

—Sabemos que el efecto del rayo agigantador funciona sólo durante una hora —le explica.

—¡SE NOS ACABA EL TIEMPO!

—interrumpe Yo-Yo—. Cuando las ratas vean que su plan se ha ido al CUERNO y que nosotros lo sabemos, se enfurecerán. ¡Tenemos que intervenir **INMEDIATA-MENTE**!

Lady Blue alza sus ojos hacia el gigante.

—¡Si recuerdas el camino hacia la caverna de las ratas puedes explicárnoslo!

Tombo se dobla lo más posible hacia el cuarteto y les susurra con un estruendo las indicaciones necesarias.

Todos escuchan atentamente, menos Magnum:

¡él 👁👁👁👁 el horizonte de la ciudad y se pierde en fantasías, saboreando el heroico rescate de la diva de sus sueños!

M uskrat City está inmersa en las tinieblas. Sin embargo, la penumbra del mundo de encima no es nada comparada con la absoluta **oscuridad** que envuelve a los cuatro héroes en los apestosos CONDUCTOS DEL ALCANTARILLADO.

—¡Parece que todas nuestras misiones nos llevan a las cloacas! —dice Yo-Yo prácticamente invisible en la oscuridad.

—Mejor hablar bajito —la amonesta Supermetomentodo—. ¡Ya estamos cerquísima!

Garganratón les indica que se metan en una, ALCANTARILLA, y a continuación recorren el laberinto de las cloacas de la ciudad. Los superhéroes siguen las galerías hasta alcanzar 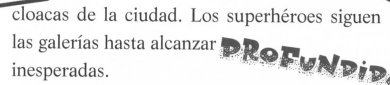 inesperadas.

—¡Estamos muy por debajo de la superficie! —susurra Lady Blue.

Aparte del plic-plic de las **GOTAS** de humedad, en la escena reina un silencio espectral.

—Según Tombo, aquí debería haber un pasadizo lateral —sisea Lady Blue.

—¿Dónde está? No consigo encontrarlo...

¡¡¡PLUFF!!!

Se oye un estruendo, seguido de la voz de Magnum.

—Ay... ¡creo que ya estoy dentro!

—¡Bien... buen trabajo! Lo importante es haberlo encontrado —dice Yo-Yo.

El pasadizo es muy estrecho y aún más viscoso por culpa del **húmedo moho**. Los superhéroes avanzan en fila india, tras los resoplidos de Magnum, cuya mole les hace difíciles los movimientos.

—¡Allí hay un resplandor!

—Me parece que veo figuras en movimiento...

—Y también edificios. ¡Increíble!

—¡Guauuu!

— **¡INCREÍBLE!**

—¡Es una ciudad entera!

Frente a los superhéroes aparece la ciudad secreta de las ratas del subsuelo.

Han construido su ciudad subterránea aprovechando todos los materiales desechados en la superficie, justo como han hecho con sus armas.

Cada edificio ha sido construido usando tubos oxidados, chapas retorcidas, chatarra metálica.

En el subsuelo...

Las construcciones **apedaza-das** se extienden hasta finalmente perderse de vista en la luz verdosa que lo envuelve todo.

—¡Es una metrópolis entera... a decenas de metros bajo tierra! —susurra Lady Blue abriendo los ojos como platos. La vista parece impactarle y fascinarla profundamente.

—¡Y tengo la impresión de que existe desde hace mucho tiempo! —observa Supermetomentodo espiando con ojo crítico el laberinto de **tuberías** y **desechos**.

En mi opinión, es tan antigua como Muskrat City. ¡Y nadie ha sospechado su existencia!

—¡Al menos ahora sabemos de dónde vienen todas esas **RATAS** con las que nos hemos enfrentado! —comenta Yo-Yo.

—Ok, ahora que hemos agotado los comenta-

147

rios turísticos, ¿podemos movernos? —exclama Magnum impaciente.

Los primos lo miran con sorpresa: ¡nunca lo han visto tan decidido!

—Tombo nos ha dicho que debemos alcanzar aquel edificio de allí. —Lady Blue señala una estructura oscura y siniestra.

Se recorta solitaria en el centro de una plaza, como una **FORTALEZA DE HIERRO**.

—¡Parece bastante sólida e inexpugnable! —murmura Supermetomentodo.

Yo-Yo se adelanta:

—No para todos, primit..., es decir, ¡jefe!

SE CORRIGE YO-YO EN EL ÚLTIMO SEGUNDO

Los cuatro se mueven intentando permanecer en la sombra. Por suerte la luz es tenue, y todos esos conductos ofrecen la oportunidad de esconderse perfectamente.

Algunas ratas pasan cerca de ellos sin notar su presencia.

Una de ellas dice:

—Por mil pulgas, ¿has oído la noticia?

—¡Sí, el plan se ha torcido! ¡A ver quién aguanta ahora a Blacky Bon Bon! —responde la otra MASCULLANDO entre los colmillos.

DESPUÉS LAS VOCES SE ALEJAN.

—¿Habéis oído? ¡Tenemos que apresurarnos! —les susurra Yo-Yo a los demás.

Ya están a un paso de la fortaleza de la ciudad subterránea.

En un momento dado, una puerta de hierro bien atrancada les bloquea el camino.

—¿Cómo conseguiremos avanzar?

—¡Yo me ocupo! Ya veréis —dice Yo-Yo.

Gracias a su supertraje, se achica hasta el tamaño de una chinche. Yo-Yo es pequeña, pero también muy pesada: con esfuerzo, el **SUPERHÉROE** la levanta hasta la gran cerradura recubierta de óxido. *Yo-Yo atraviesa la cerradura y se pone a trabajar al otro lado de la puerta.* En pocos minutos la cerradura cede y la puerta se abre con un crujido.

¡NIIIIIEEEEEC!

Yo-Yo vuelve a sus dimensiones normales y los recibe triunfante:

—Nadie a la vista. ¡Todos adentro, rápido!

El ambiente en el interior no es nada reconfortante. En la semioscuridad se pueden ver **MUEBLES** negros incrustados de piedras **VIOLETA**.

—¡Pero qué bonito!

Los cuatro se deslizan por un pasillo desierto que está decorado con siniestros trofeos y escudos heráldicos desconocidos.

¿HABÉIS OÍDO?

Magnum se sobresalta:

—¡Sí, es la voz de Tilly Ratpretty!

Al final del recorrido, Supermetomentodo aparta con cuidado una **ALFOMBRA**

de terciopelo violeta, pero eso no le impide a Magnum tropezar.

¡Los superhéroes se asoman a un amplio salón!

Una enorme lámpara de cristal ilumina la estancia con una luz fría e inquietante que se REFLEJA en las paredes metálicas y en un enorme trono, incrustado en oro, que domina la sala entera. *Blacky Bon Bon, el Jefe de la Banda de los Fétidos, está sentado de un modo presuntuoso en ese trono. ¡Su mirada es imperiosa y feroz!*

E l Jefe de las ratas está sentado en el trono, imponente como siempre, rodeado
de sus **PELAGATOS** de guardia:
Uno, Dos y Tres.

Pero a su lado hay otras dos ratas más, a las
que nuestros héroes no han visto nunca antes.
El grupito tiene delante de ellos a Tilly, que está
allí plantada, desafiante.

—Lo he dicho y lo repito, «señor» Bon Bon...
—dice con tono indignado—. ¡Tú y
tus esbirros no me dais ningún miedo! ¡Me he
enfrentado a directores discográficos y produc-
tores televisivos mucho más amenazadores que
tú!

¡NO ME DAS MIEDO, RATA REPULSIVA!

A esas palabras, la gran rata lanza su terrible carcajada.

—**¡JAR, JAR, JAR!** ¡Creo que mi generosa hospitalidad te ha desilusionado, pequeña roedora! ¡Has sido tratada con toda delicadeza, pero desde este momento ya no me resultas útil para mi causa!

—¡Pues me alegro! —rebate Tilly dando un taconazo en el suelo—. *¡Entonces devuélveme a la superficie, sucia rata secuestradora de estrellas!*

Una voz ronca y arrogante dice:

—¿Y eres tú esa estrella? ¡Sólo eres una simple RATONCILLA repeinada y desafinada... *etcétera*! ¡Vampirata Lagunera, ésa sí que es una cantante!

La voz es de la más joven de las ratas apostadas en el trono del Jefe.

—¡Nunca he oído hablar de ella! ¿Quién es esa tal Lagunera? ¿Una **CANTANTE** pop de esta ciudad apestosa? —replica Tilly enfadada.

—Yo sólo escucho **música** ratagótica. ¿Nunca has escuchado a los Rattus Norvegicus? ¡Ésos sí que molan... *etcétera*!

—¡CÁLLATE UN POQUITO, FIEL, PEQUEÑINA MÍA!

—truena Blacky Bon Bon—. Éste es *mi* discurso amenazador, no el tuyo, ¿ok?

—Como quieras, papi

—bosteza la rata masticando de mala gana un chicle de ortigas.

—Bomboncito, toda esta solfa me está aburriendo —dice la otra rata acariciándole las **ZARPAS** amarillentas a Blacky y haciendo mil muecas—. ¿No le habías prometido a tu dulce Mákula que desde esta noche seríamos los **AMOS** de la superficie?

Ya he hecho empaquetar mis joyas...

—Sí, papi, hemos hecho el equipaje... *etcéte-ra*... —interviene Fiel hinchando un **GLOBO DE CHICLE**—. ¡Y no te digo lo aburrido que ha sido, por mil cucarachas salvajes!

—¡No seas tan descortés con tu padre! —la amonesta Mákula dando un tirón a la pareja de correas que sujeta en la mano. Elf y Burp, los dos monstruillos verdes, se **DERRUMBAN** en el suelo con un doble gemido—. ¡Oh, pobres cachorritos míos! ¿Ves qué me obligas a hacer? Toda esta espera me está afectando —dice Mákula mientras se lanza sobre sus dos monstruillos y los llena de mimos y carantoñas.

¡FRENA LOS MOTORES, MAMI... ETCÉTERA!

—parlotea Fiel aburrida—. ¿No comprendes que a papi se le han vuelto a torcer las cosas? El morro de Blacky se ha puesto más violeta que su chaleco. No soporta admitir sus fracasos frente a nadie, y aún menos ante la familia. Apretando las garras emite un gruñido de los suyos:

—¡Que nadie ponga en duda mis planes de conquista! ¡Toda la culpa es de ese niñato llorón de su hermano, que se ha dejado engatusar por los superhéroes!

—¡¿Cómo te atreves a hablar así de Tombo?! —grita Tilly.

Blacky se inclina hacia adelante en el trono y suelta una risa sarcástica:

—Eso, mejor hablemos de ti, señorita Ratpretty. No nos encontraríamos en esta situación tan ENGORROSA si hubiéramos conseguido a otros roedores, pero como dice Sebocio, se hace lo que se puede y con lo que se tiene...

Al oír eso, Sebocio Cybercoscurro, el científico al servicio de la ratas, aparece por una puertecita como para responder a la llamada. Detrás de sí arrastra la famosa **ARMA GENE-RA-MONSTRUOS**.

Eso es lo que transportaban Uno, Dos y Tres el otro día.

—¡Ajajá, aquí estás! —truena Blacky—. ¿Qué noticias me traes?

—Realmente pésimas, gran Jefe —dice Sebocio **RASCÁNDOSE** aver-gonzado el cráneo—. La reac-ción de los animales y de los roedores a los efectos

de la energía descubierta por mí varía en cada individuo. El único que hasta ahora es capaz de reaccionar perfectamente a mi proyector agigantador es Tombo Ratpretty. Todos los demás, aparte de la libélula, la langosta y el lagarto, han dado un resultado negativo. Creo que es debido a la configuración de...

—¡Qué pesado... etcétera! Parece que esté en la escuela —interrumpe Fiel.

—En pocas palabras, ¿no tenemos ningún otro candidato a convertirse en monstruo gigante? —vocea Blacky con los

OJOS AMARILLOS

de furia.

—Qui-quizá en el futuro... pero... por el momento... ¡ninguno! —FARFULLA el inventor intentando llegar a la puerta—. Pe-pero... podemos continuar... experimentando...

—¡Oh, seguro que sí! ¡Quizá tendrás que secuestrar a media Muskrat City! Pero por ahora —y Blacky apunta sus pérfidos ojos hacia Tilly— podrías empezar por nuestra prisionera. ¡Como REHÉN se ha revelado inútil, quizá como cobaya funcione mejor!

Al oír esas palabras, también Tilly Ratpretty palidece: la roedora da un paso atrás, aterrorizada, mientras Uno, Dos y Tres se dirigen hacia ella, listos para atraparla.

¡E s el momento! —dice Supermetomentodo escondido tras una cortina.
Pero Magnum ya se ha lanzado adelante gritando:
—¡Que nadie se atreva a tocarla!
¡Desafortunadamente, en el salto tropieza con
la cortina y cae rodando como una **pelota**
hasta llegar al centro de la sala!

—¿Quién es el ratón que va de rojo? —exclama Fiel, de repente menos aburrida.

Supermetomentodo suspira.

—¡Vaya con el efecto sorpresa! ¡Lancémonos!

Pero una voz viscosa sisea detrás de ellos:

—*¡Bienvenidos a la ciudad de Putrefactum, héroes de la superficie!*

Es Katerino que, de un modo cortés pero amenazador, continúa—: ¡Pero por favor, presentaos ante el amo y señor de Putrefactum! —Y con un **TIRÓN** de sus largos brazos abre la cortina de par en par.

A los superhéroes no les queda otra opción que mostrarse ante toda la banda.

Reconociéndolos, Blacky salta del trono y los observa uno a uno.

—¡Bien, bien, bien! —dice cruzando las **GARRAS** sobre el pecho.

—¡Aquí están nuestros aguafiestas! Quizá ahora el día ya no sea una completa pérdida.

No he conseguido mi victoria sobre los mus-kratenses, pero en compensación...

¡OS TENGO A VOSOTROS!

—¡Nos encontramos de nuevo, Bon Bon, tú y tu Banda de Fétidos! —responde Supermeto-mentodo nada atemorizado.

—¿Cómo te atreves a llamarme fétido?

¡Yo odio la suciedad, me baño diez veces al día! —La gran rata se acaricia los bigotes **ENGOMINADOS**—. ¡Además, odio el hedor de cloaca de este aguje-ro de ciudad! —afir-ma enseñando to-dos los dientes.

166

—¡¿Por eso querías **aplastar** a todos los habitantes de Muskrat City?! —rebate Supermetomentodo orgulloso.

—¡La superficie *me...* quiero decir, *nos* pertenece por derecho!

La **BANDA** de Bon Bon asiente dándole coba a su jefe.

—¿De verdad? Pues si os gusta tanto, preparaos para pasar una buena temporada allí arriba.... ¡pero en las celdas de Muskatraz!

Y diciendo eso, Supermetomentodo hace un gesto a Yo-Yo, a Magnum (que se acaba de levantar de su tropiezo) y a Lady Blue.

Los superhéroes se lanzan sobre sus adversarios mientras Tilly se aparta dando un chillido.

¡EL GORDO DE ROJO ES MÍO!

—grita Fiel.

—¡Os arrepentiréis por lo que le habéis hecho a

Tilly! —le responde Magnum enfadadísimo, y empieza a emitir su enormemente poderosísimo

¡EEEEEEEEEEEEEE

El suelo se agrieta y, por el efecto de la Evolución Vegetal, el musgo presente en los cimientos de Putrefactum **florece** cubriendo toda la sala. Magnum continúa con su poderoso EEEEEEEE EEEEEEEE EEEEEEEE EEEEE EEEEE EEEEE EEEE EEEE...

Plantas de todas las especies que existen crecen por las paredes ante los ojos incrédulos y **EXCITADOS** de las ratas.

—¡Bravo, gordito! —observa Fiel. Entonces, apuntando las **GARRAS** pintadas de violeta hacia el techo, dice—: ¡Trágate esto entonces!

Chasquea los dedos y una cantidad monstruo-
sa de *insectos* se precipita desde las
alturas zumbando sobre las cabezas de todos.
Cucarachas, moscas, saltamontes, chinches,
escarabajos y mariquitas se lanzan famélicos
sobre la capa de musgo y la devoran en un abrir
y cerrar de ojos.

—¡Por mil bananillas espaciales!

¡Ellos también tienen superpoderes! —dice
maravillado Supermetomentodo.

Éste se transforma en un bote de spray que
lo rocía todo con INSECTICIDA
REPELENTE. En la confusión, una
cucaracha cae encima de Blacky, que empieza a
agitarse y a dar manotazos a diestra y siniestra.

¡EL COMBATE SE RECRUDECE!

En la otra punta del salón, Sebocio retrocede a
toda prisa, asustado. Choca contra su inven-
ción y roza una palanca, accionándola.

171

Los rayos violeta de la máquina alumbran en todas las direcciones, alcanzando la nube de insectos enloquecidos.

Los efectos de la energía agigantadora se manifiestan en miles de bichos.

¡Un **ESCARABAJO**, tan grande como un automóvil, golpea a ratas y a superhéroes con sus largas mandíbulas! Elf y Burp **MUERDEN** los tobillos de Sebocio y el coleóptero gigante vuela hacia el techo, arrastrándolo consigo. Magnum vuelve el morro hacia el escarabajo y grita su mortal...

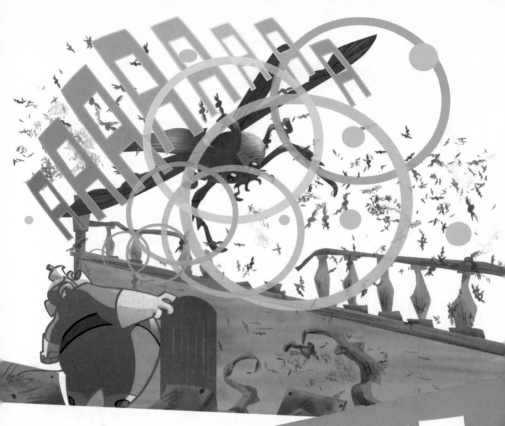

¡AAAAAAAAAAAAA

¡El efecto
ADORMECIMIENTO INSTANTÁNEO!

—¡No, Magnum, no lo hagas! —grita Yo-Yo **LIBERÁNDOSE** de la presa de Uno, Dos y Tres. También Fiel grita:

—¡Cierra la laringe, superratón... *etcétera*!

¡Pero ya es demasiado tarde! Golpeado por el efecto soporífero, el escarabajo se estampa contra el suelo, dormido, arrollando a todos los **SUPERHÉROES** y a sus adversarios. Un instante después el monstruo se reanima; ahora ha vuelto a sus dimensiones naturales.

Sacude las antenas, extiende las alas coriáceas y vuela nuevamente por los pasillos del edificio.

—¡Qué golpe, chicos! —dice Supermetomentodo levantándose magullado.

—¡Vamos a por ellos, Yo-Yo! —le grita a su prima.

Pero Yo-Yo no responde, EMBELESADA por la mirada de Mákula, que emite extraños e hipnóticos círculos luminosos.

—Acabemos con ellos de una vez por todas —grazna a la mujer de Blacky.

—¡¡¡A por ellos, pandilla de vagos, que son sólo cuatro!!! —grita Blacky.

Supermetomentodo intenta reanimar a su prima:

—¡Yo-Yo! ¡Mákula te ha hipnotizado! ¡Despierta!

Pero justo en aquel instante, Uno, Dos y Tres se le lanzan encima. Sólo Katerino se da cuenta de que Lady Blue ha desaparecido. Mira a DERECHA e IZQUIERDA, y entonces la ve en el techo.

—ALLÍ ARRIBA, EN LA LAMPARA!

—grita, pero el caos es tal que nadie lo oye.

176

Con su **navaja** multiusos, Lady Blue afloja el cable de la lámpara. A continuación aterriza sobre el trono de Blacky y le asesta un fuerte **PATADÓN** en las posaderas, mandándolo encima de Uno, Dos y Tres, que lo confunden con Supermetomentodo y le zumban **sonoros** puñetazos en los hocicos:

—¡Deteneos, inútiles traidores comebasura!

—¡Uups! ¡Lo

—... sentimos mucho,

—... Jefe!

Blacky intenta recomponerse, sacudiéndose los pelos de Uno, Dos y Tres de la chaqueta y levantándose dolorido del suelo.

—¡Papito! —chilla Fiel empujando a Magnum para correr al encuentro de Blacky.

—Bomboncito, ¿te has hecho daño? —chilla Mákula aún más fuerte, apresurándose a su lado mientras Elf y Burp la siguen ladrando.

En ese mismo instante, el CABLE AFLOJADO por Lady Blue cede. La lámpara se suelta del techo y cae directamente encima de la Banda de los Fétidos, inmovilizándolos por fin.

—¡Mi costosísima lámpara de cristal!

¡La había robado para nuestro aniversario! —lloriquea Mákula.

—Esto ha sido verdaderamente un golpe bajo...
etcétera... —se lamenta Fiel.

—¡Ay...

—... qué...

—... daño! —gruñen Uno, Dos y Tres.

Los monstruillos verdes **ULULAN** desconsolados.

—Sacadme de aquí. ¡Y apresad a esos cuatro superpedorros! —ruge Blacky escupiendo trozos de cristal.

—*¿Y cómo los apresamos, Jefe? ¡Nos hemos quedado a oscuras! —objeta Katerino, que es el único que ha quedado libre, pero que no tiene ningunas ganas de ensuciarse las manos.*

—Además, ya se han largado —dice Fiel, que, al ser la única flaca del grupo, ya se ha liberado del peso de los cristales, trozos de hierro y ratas magulladas.

A continuación se recoloca enfadada el top de **TACHUELAS** y dice:

—Qué pena, porque ese superratonazo vestido de rojo era muy... ¡interesante!

L os superhéroes, con Tilly Ratpretty y Lady Blue, huyen RÁPIDAMENTE de la ciudad subterránea.

Sin mirar atrás, alcanzan la superficie por una alcantarilla abierta.

Y finalmente se detienen a respirar en el aire fresco matutino de **Muskrat City**, agotados tras la carrera por los conductos de las cloacas.

Putrefactum y sus fétidos habitantes, ahora parecen casi un mal sueño.

—¡QUÉ CARRERA!

—¡Creía que no lo conseguiría!

—¡Tonterías!

Magnum, en particular, está muy orgulloso de sí mismo: ha escoltado a la *atractiva* Tilly a lo largo de todo el recorrido por las galerías.

—Creo que ahora ya puedes soltarme la mano, Magnum. Ya estamos a salvo.

—¿Oh...? ¡Ejem, claro, disculpe, miss Ratpretty!

—farfulla el superratón, avergonzado.

Pero Tilly le está sonriendo. Acerca su morrito al de Magnum y le da un BESO en la nariz:

—Has sido realmente heroico

y maravilloso al lanzarte totalmente solo en ese sitio terrible para salvarme.

—Bueno, en realidad he tropezado... Es decir, ¿de verdad? ¿Maravilloso? ¿Yo?

Brando no cabe de felicidad en su TRAJE.

—Desde este momento yo me ocupo de Tilly y Tombo —interviene Lady Blue—. Los devolveré a su casa en un instante. —Después se vuelve hacia Supermetomentodo—: Nos vemos en la próxima EMERGENCIA, ¿verdad, defensor de Muskrat City?

—Siempre será un superplacer —responde Supermetomentodo con una inclinación.

Lady Blue se despide de todos y se marcha con Tilly por las calles iluminadas por la luz del alba. Supermetomentodo y Magnum las ven alejarse, suspirando por turnos.

—¡Vamos, arriba ese ánimo, primitos! —los alienta Yo-Yo—. La misión ha acabado y hay que volver a casa.

—Sí —se recobra Supermetomentodo—. Hemos rescatado a miss Ratpretty y además hemos resuelto el enigma de los **MONSTRUOS gigantes**. Y por lo que decía aquella rata de Sebocio, no conseguirán producir nuevos monstruos durante mucho tiempo.

—¡Eso espero! —añade Magnum.

—¡De todos modos, para celebrarlo, yo voy a tomarme un buen desayuno!

Al día siguiente, las portadas de los periódicos y de los telenoticiarios son todas para los héroes de la ciudad.

—¡Mirad esto! —comenta Copérnica, trayendo un montón de revistas.

«EL ALCALDE ALABA LA INTERVENCIÓN DE LOS SUPERHÉROES

«¡Se acabaron los MONSTRUOS!»

«RESUELTO EL CASO RATPRETTY»

«¡GRACIAS A LOS DEFENSORES DE MUSKRAT CITY!»

Metomento-do bebe su zumo de plátano, satisfecho de sí mismo y de sus primos.

Hundido en el sofá, Brando hojea un **montón** de periódicos buscando noticias sobre Tilly Ratpretty.

—Aquí dice: «"Intervención resolutiva de Supermetomentodo en el rescate de Tilly Ratpretty", afirma la **ABOGADA** Priscilla Barr». ¿Cómo se habrá enterado?

—Bueno, además de ser la abogada de Tilly Ratpretty, también es la hija del procurador, ¿no? ¡Lo habrá sabido por ellos! —explica Metomentodo echándole una mirada a la **FOTO** que acompaña al artículo: Tilly Ratpretty junto a Priscilla Barr, que mira a la cámara con una mirada irónica y muy... azul.

¡Misión cumplida!

Qué extraño, esa **MIRADA** le recuerda algo.

Entonces Metomentodo se olvida de sus pensamientos y, mientras se dirige hacia la galería de la (E)(S)(F)(E)(R)(A) supersónica, se vuelve aún una vez más.

—Adiós a todos, yo regreso a Ratonia. ¡Nos vemos en la próxima misión!

—*¡Apuesto a que será antes de lo que te imaginas, primito! —dice Trendy despidiéndose de él—.* Como dice el Maestro Huang: *«El enfrentamiento nunca debes buscar: que sea él el que te busque a ti. ¡Y a los superhéroes esto siempre les sucede!».*

ÍNDICE

Geronimo Stilton

Marca en la casilla correspondiente los títulos
que tienes de todas las colecciones de Geronimo Stilton:

Colección Geronimo Stilton

☐ 1. Mi nombre es Stilton,
  Geronimo Stilton
☐ 2. En busca de
  la maravilla perdida
☐ 3. El misterioso
  manuscrito de Nostrarratus
☐ 4. El castillo de Roca Tacaña
☐ 5. Un disparatado
  viaje a Ratikistán
☐ 6. La carrera más loca del mundo
☐ 7. La sonrisa de Mona Ratisa
☐ 8. El galeón de los gatos piratas
☐ 9. ¡Quita esas patas, Caraqueso!
☐ 10. El misterio del
  tesoro desaparecido
☐ 11. Cuatro ratones
  en la Selva Negra
☐ 12. El fantasma del metro
☐ 13. El amor es como el queso
☐ 14. El castillo de
  Zampachicha Miaumiau
☐ 15. ¡Agarraos los bigotes…
  que llega Ratigoni!
☐ 16. Tras la pista del yeti
☐ 17. El misterio de
  la pirámide de queso
☐ 18. El secreto de
  la familia Tenebrax
☐ 19. ¿Querías vacaciones, Stilton?
☐ 20. Un ratón educado
  no se tira ratopedos
☐ 21. ¿Quién ha raptado a Lánguida?
☐ 22. El extraño caso
  de la Rata Apestosa
☐ 23. ¡Tontorratón quien
  llegue el último!
☐ 24. ¡Qué vacaciones
  tan superratónicas!
☐ 25. Halloween… ¡qué miedo!
☐ 26. ¡Menudo canguelo
  en el Kilimanjaro!

☐ 27. Cuatro ratones
  en el Salvaje Oeste
☐ 28. Los mejores juegos
  para tus vacaciones
☐ 29. El extraño caso de
  la noche de Halloween
☐ 30. ¡Es Navidad, Stilton!
☐ 31. El extraño caso
  del Calamar Gigante
☐ 32. ¡Por mil quesos de bola…
  he ganado la lotorratón!
☐ 33. El misterio del ojo
  de esmeralda
☐ 34. El libro de los juegos de viaje
☐ 35. ¡Un superratónico día…
  de campeonato!
☐ 36. El misterioso
  ladrón de quesos
☐ 37. ¡Ya te daré yo karate!
☐ 38. Un granizado de
  moscas para el conde
☐ 39. El extraño caso
  del Volcán Apestoso
☐ 40. ¡Salvemos a la ballena blanca!
☐ 41. La momia sin nombre
☐ 42. La isla del tesoro fantasma
☐ 43. Agente secreto Cero Cero Ka
☐ 44. El valle de los esqueletos
  gigantes
☐ 45. El maratón más loco
☐ 46. La excursión a las cataratas
  del Niágara
☐ 47. El misterioso caso de los
  Juegos Olímpicos
☐ 48. El templo del rubí de fuego
☐ 49. El extraño caso del tiramisú
☐ 50. El secreto del lago desaparecido
☐ 51. El misterio de los elfos
☐ 52. ¡No soy un superratón!

libros especiales de Geronimo Stilton

Grandes historias Geronimo Stilton

Cómic Geronimo Stilton

Tea Stilton

¿Te gustaría ser miembro del CLUB GERONIMO STILTON?

Sólo tienes que entrar en la página web **www.clubgeronimostilton.es** y darte de alta. De este modo, te convertirás en ratosocio/a y podré informarte de todas las novedades y de las promociones que pongamos en marcha.

¡PALABRA DE GERONIMO STILTON!

SUPERHÉROES

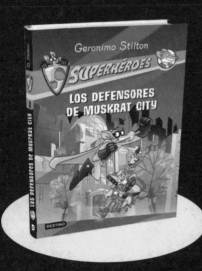

Geronimo Stilton

SUPERHÉROES

LOS DEFENSORES
DE MUSKRAT CITY

DESTINO

Geronimo Stilton

SUPERHÉROES

LA INVASIÓN DE LOS
MONSTRUOS GIGANTES

DESTINO